蒙學善本

國家圖書館藏·蒙學善本

對類

鳳凰出版社

圖書在版編目（CIP）數據

對類 / 佚名著. -- 南京 : 鳳凰出版社, 2015.4
（國家圖書館藏. 蒙學善本）
ISBN 978-7-5506-2157-2

Ⅰ. ①對… Ⅱ. ①佚… Ⅲ. ①對聯－基本知識－中國
Ⅳ. ①I207.6

中國版本圖書館CIP數據核字(2015)第074769號

ISBN 978-7-5506-2157-2

對類
著者 佚名
責任編輯 李相東
出版發行 鳳凰出版傳媒股份有限公司
鳳凰出版社(原江蘇古籍出版社)
發行部電話 025-83223462
出版社地址 南京市中央路165號，郵編 210009
出版社網址 http://www.fhcbs.com
策劃 揚州古籍綫裝文化有限公司
印刷裝訂 揚州古籍綫裝文化有限公司
揚州生態科技新城杭集工業園翟莊路1號
開本 宣紙十六開
出版日期 二〇一五年四月第一版
二〇一五年四月第一次印刷
書號 ISBN 978-7-5506-2157-2
定價 壹仟伍佰捌拾圓整(一函八册)

國家圖書館藏・蒙學善本

蒙以養正

楼宇烈

我為中國自古及今對啟蒙教育的重視而瞠目，為如此豐富的自古及今川流不斷推陳出新的教材而驚歎！中國真是文化教育積澱的國度。我以自己是一個中國人，受中國傳統文化教育而感到自豪。

白化文

二〇一五年五月

序

在中國傳統文化中，歷來就十分重視教育，認為『如欲化民成俗，其必由學乎』！於是有所謂『建國君民，教學為先』（《禮記·學記》）的提法，而在整個教育中又特別注重『童蒙』（兒童、少年）打基礎的教育，於是又有『蒙以養正』的提出。為此，歷代學者編著了各種內容和形式的蒙學教材，其中有些作品則成了傳統蒙學的經典教材。

『蒙以養正』語出《周易·蒙卦·彖辭》，且被稱之為『聖功也』。按照宋儒朱熹的解釋是：『蓋言蒙昧之時，先自養教正當了，到那開發時，便有作聖之功。若蒙昧之中已自不正，他日何由得會有聖功！』（《朱子語類》卷第七十）這是說，在兒童、少年心智尚未開發（蒙昧）之時就要用正道來教育，這樣日後發展起來才能成就聖人的功業，如果兒童、少年時已不正了，日後怎麼有可能成就聖人的功業呢！由此可見，正確的兒童、少年教育是如何地重要和根本。

揚州古籍線裝文化有限公司与江蘇鳳凰出版集團，以國家圖書館所藏部分有關蒙學的善本古籍，整理、編輯、出版這套《蒙學叢書》此舉對古籍善本的保護和流通，以及傳統蒙學教育的推動，都有着積極的意義。

樓宇烈

二〇一五年五月

對類總目

天文門 卷一　地理門 卷二
節令門 卷三　花木門 卷四
鳥獸門 卷五　宮室門 卷六
器用門 卷七　人物門 卷八
人事門 卷九　身體門 卷十
衣服門 卷十一　聲色門 卷十二
珍寶門 卷十三　飲饌門 卷十四

文史門 卷十五　數目門 卷十六
干支門 卷十七　卦名門 卷十八
通用門 卷十九　巧對門 卷二十
連綿門　疊字門 並附各門之末

對類總目 終

對類總目

對類總目 卷

習對發蒙格式

凡入小學教之識字便教讀得分明每字各有四聲惟有蕭宵爻豪尤侯幽七韻切之至第三聲止無第四聲餘皆有之第一聲是平聲第二聲第三聲第四聲皆是仄故以平上去入別之平字用仄字對仄字用平字對平仄不失又以虛實死活字教之蓋字之有形體者爲實字之無形體者爲虛似有而無者爲半虛似無而有者爲半實實者皆是死字惟虛字則有死有活死謂其自然而然者如高下洪纖之類是也活謂其使然而然者如飛潛變化之類是也虛字對虛實字對實半虛半實者亦然最是死字不可對以活字活字不可對以死

字此而不審則文理謬矣又有借用同音字謂如澄清之清與青字近音洪大之洪與紅字近音采色門借清洪字對黑白等字又如增益之益與一字同音參請之參與三字同音覆載之載與再字同音數目門借益參載字對十百千萬等字又如爵祿之爵與雀字同音公侯之侯與猴字同音禽獸門借爵侯字對鳥獸蟲魚等字謂之借對例又有引用周易卦名毛詩篇名雖不若拘虛實然不若清切者爲好若夫以實字作虛字使以死字作活字用是作家有此活法初學未易語此今以虛實死活字分門析類輯爲對屬以便初學檢閱云

切韻六十字訣

因煙　人然　新鮮　餳涎　迎妍　零連
清千　賓邊　經堅　神禪　秦前　寧年
寅延　真氈　娉偏　亭田　澄纏　平便
檠虔　輕牽　稱燀　丁顛　興掀　汀天
精箋　民眠　聲羶　刑賢　兄喧　營員

此玉篇廣韻之祖也而初學者當留心熟讀使其切字作對知其平仄識其音律習慣成自然矣今將喜雨詩爲式于后

好　許老切　許興掀好
知　珍离切　珍真氈知
節　子結切　子精箋節
春　樞倫切　樞稱燀春
發　方越切　方兄喧發
遀　旬爲切　旬餳涎遀
潛　慈塩切　慈秦前潛
夜　寅謝切　寅寅延夜
物　文拂切　文營員物
無　微虞切　微營員無
野　以者切　以寅延野
雲　于群切　于寅延雲
黑　迄得切　迄興掀黑
船　食緣切　食神禪船
獨　徒谷切　徒亭田獨

雨　王矩切　王寅延雨
時　辰之切　辰神禪時
當　都良切　都丁顛當
乃　曩采切　曩曩寧年乃
生　師庚切　師聲羶生
風　方中切　方兄喧風
入　日執切　日人然入
潤　儒順切　儒人然潤
細　思計切　思新鮮細
聲　書征切　書聲羶聲
徑　吉定切　吉經堅徑
俱　恭于切　恭經堅俱
江　古雙切　古經堅江
火　虎果切　虎興掀火
明　眉兵切　眉民眠明

獨 徒谷切 徒亭田獨
贖 食祿切 食神禪船
黑 迄得切 迄興欣黑
雲 于群切 于寅延雲
野 以者切 以寅延野
無 微夫切 微文聞無
物 文弗切 文聞員物
夜 寅謝切 寅寅延夜
路 魯故切 魯秦前路
道 白鳥切 包陽延道
發 方伐切 方凡宣發
春 樞倫切 樞禪禪春

明 眉兵切 眉民眠明
火 虎果切 虎興欣火
江 古雙切 古經堅江
俱 恭于切 恭經堅俱
徑 吉定切 吉經堅徑
聲 書征切 書聲羶聲
細 思計切 思新鮮細
潤 儒順切 儒人然潤
人 日鄰切 日人然人
風 方中切 方分宣風
主 腫庾切 腫肫羶主
乃 曩亥切 曩寧年乃

節 子結切 子精箋節
知 陟離切 陟真邅知
好 許皓切 許興欣好

當 都郎切 都丁顛當
時 辰之切 辰神禪時
雨 王矩切 王寅延雨

自然六今將喜雨詩為左干右
使其切字作對知其平仄識其音律習慣成
此玉篇廣韻之祖也而初學者當留心熟讀

精箋　民眠　聲羶　刑賢　元宣　詹賓
樂虔　輕牽　神禪　丁顛　興欣　汀天
寅延　真氈　嬪偏　亭田　澄纏　平便
清千　賓邊　經堅　紳禪　秦前　寧年
因煙　人然　新鮮　鄰連　迎妍　零連

切韻六十字訣

曉 興杳切 興興掀曉	經 堅丁切 堅經堅經	勮 昌據切 昌稱燀勮	重 儲用切 儲澄纏重	宮 居中切 居經堅宮
看 丘寒切 丘輕牽看	濕 失入切 失聲羶濕	花 呼瓜切 呼興掀花	錦 居飲切 居經堅錦	城 時征切 時神禪城

右四十字各附音反訣于下學者宜精熟之

雙聲疊韻譜訣

雙聲疊韻者韻之子母正切回切也。如龍字乃盧容切。反云盧零連龍。盧字爲韻之子。容字爲韻之母。零連字爲韻之祖。**雙聲**者乃子正切得母。母回切得子。而且同祖。是謂之雙聲。**疊韻**者乃子正切得子。母回切得母。而不同祖。是謂之疊韻。唐人吟詠深以此爲親切。劉禹錫詩云。出谷嬌鶯新睍睆。營巢乳燕舊呢喃。睍睆與呢喃乃雙聲也。正切睍睆睍興掀睆。回切睆睍睆興掀睍。正切呢喃呢寧年喃。回切喃呢喃寧年呢。此則雙聲之說明矣。又杜甫詩云。卑枝低結子。接葉暗巢鶯。卑枝與接葉乃疊韻也。正切卑枝卑賓邊卑。回切枝卑枝真羶枝。正切接葉接精箋接。回切葉接葉寅延葉。此疊韻之說明矣

平上去入謂之疊韻

同韻連綿謂之雙聲

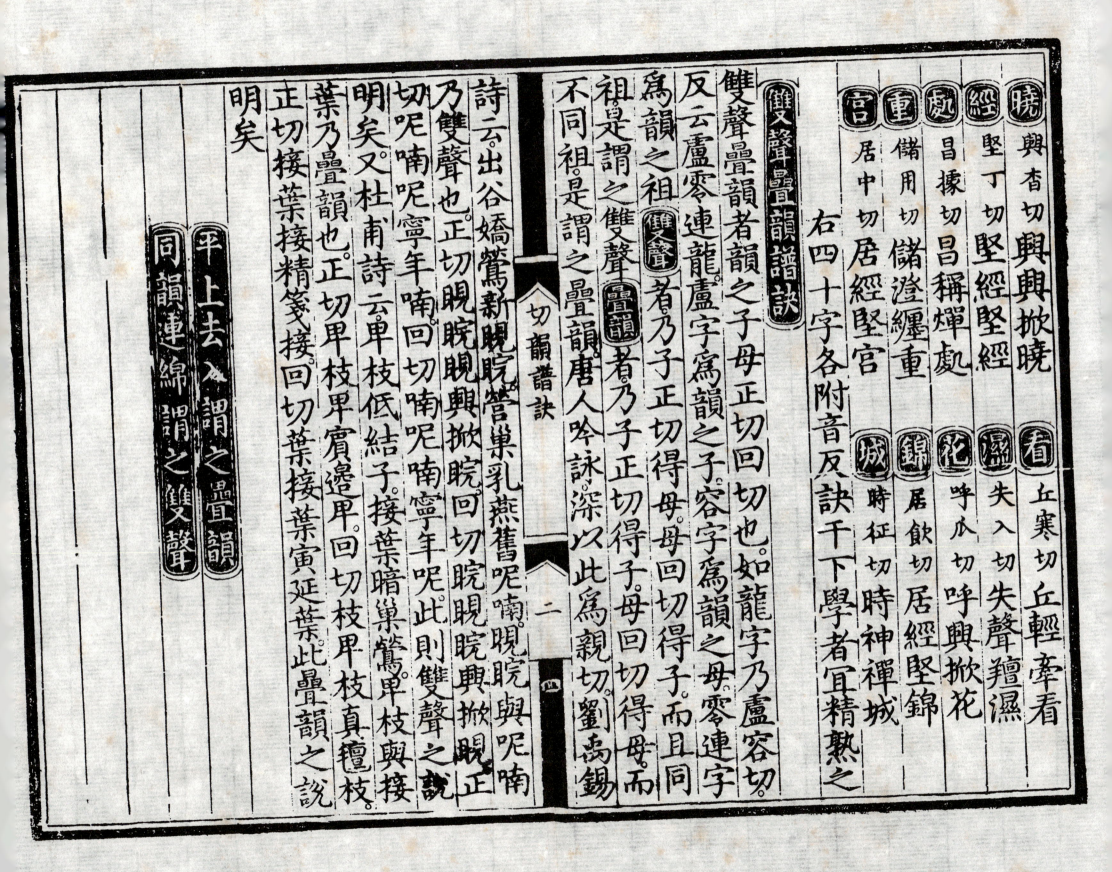

習對定式

習對要訣 初學琢對先須以對類逐門熟讀而記解徹字義如遇出題便知出者在何門類今以平仄標題各從其類詳加註釋以便檢閱若能精熟之又何患乎不成也

還對要訣 凡出對句無過即是眼前景物爲主意凡還對合先體認上聯緊切主意然後思索以立我之主意不可就閑字上思索此還對之要訣也

平仄指掌圖

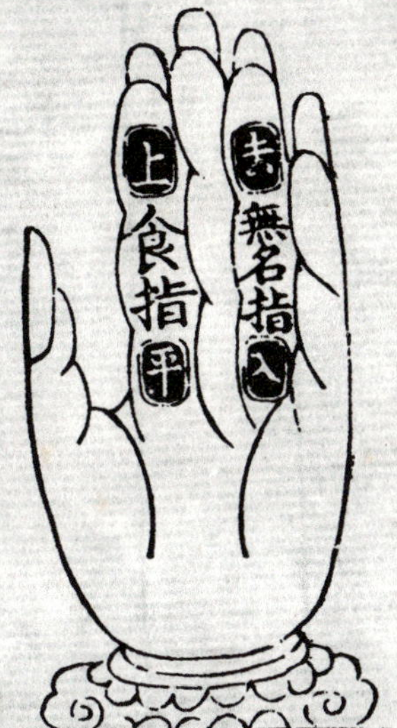

反字法

凡調平仄用左手拇指輪食指食指根是平聲食指頭是上聲無名指頭是去聲無名指根是入聲盖初起爲平聲升上爲上聲過去爲去聲下下爲入聲中指不與爲象一字之有四角也

四聲字母之圖

沈約嘗撰平上去入四聲字譜

天：去 瑱　入 鐵　平 天　上 腆

子：去 清　入 即　平 茲　上 子

聖：去 聖　入 式　平 升　上 審

哲：去 驟　入 哲　平 邅　上 展

帝問之約對曰天子聖哲是也

先調四聲

第一聲爲平聲

第二聲爲上聲

第三聲爲去聲

第四聲爲入聲

次明六體

開口初聲爲平　用仄字對

其次轉聲爲仄　用平字對

無形可見爲虛　用虛字對

有跡可指爲實　用實字對

體本乎靜爲死　用死字對

用發乎動爲生　用生字對

似有似無者　半虛半實

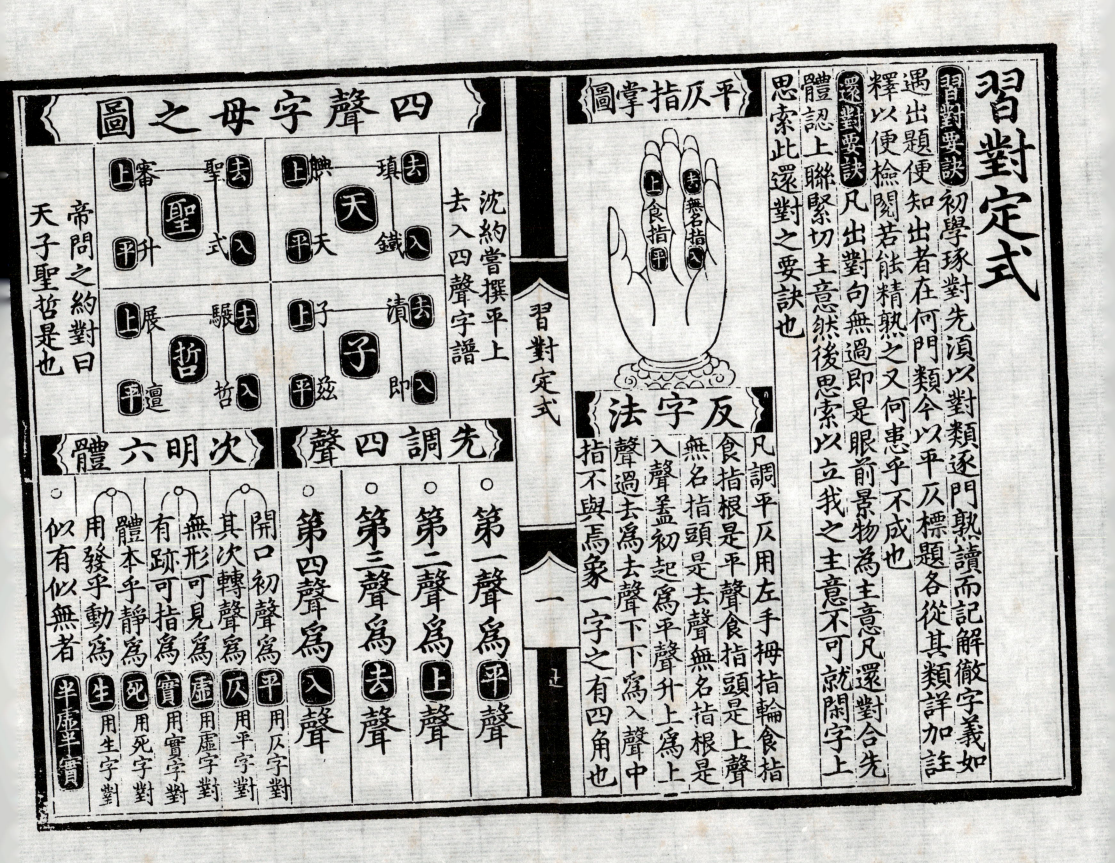

唐人切韻字譜之圖

陽（平上去入）
漾 余亮切
藥 余灼切
養 余兩切
陽 余章切

脂（平上去入）
寘 職義切
質 職日切
旨 職視切
脂 職夷切

先（平上去入）
霰 蘇見切
屑 蘇結切
銑 蘇典切
先 蘇前切

元（平上去入）
願 魚怨切
月 魚厥切
阮 魚遠切
元 魚袁切

五音所屬

角音 舌縮却
徵音 舌點齒
宮音 舌居中
商音 開口張
羽音 口撮聚

四聲旨義

平聲 哀而安
上聲 厲而舉
去聲 清而遠
入聲 直而促

五聲所屬

東方喉聲 何可剛鄂 歌箇康各
南方齒聲 詩失之食 止示勝識
中央牙聲 更硬牙格 行幸亨客
西方舌聲 丁的定泥 寧亭聽歷
北方唇聲 邦尨剝雹 北墨朋邈

辨聲音要訣

切韻先須辨四聲
五音六律並兼行
難呼語氣皆名濁
易細言詞盡屬清
唇上 碧班邠豹剝
舌頭 當滴帝都丁
撮唇 呼虎烏塢污
捲舌 伊幽乙意英
開唇 披頗潘坡拍
齊齒 之時實始成
正齒 止征真志只
穿牙 查摘寨箏笙
引喉 勾狗鷗鵶厄
隨鼻 蒿豪好赫亨
上鄂 囂妖嬌矯轎
平牙 臻櫛乍詵生
縱唇 休朽求鳩九
送氣 查拏詫宅棖
合口 甘含鹹檻甲
口開 何可我歌羨
大抵宮商角徵羽
應須細弄最為精
世間禮義皆如此
自是人心不解明

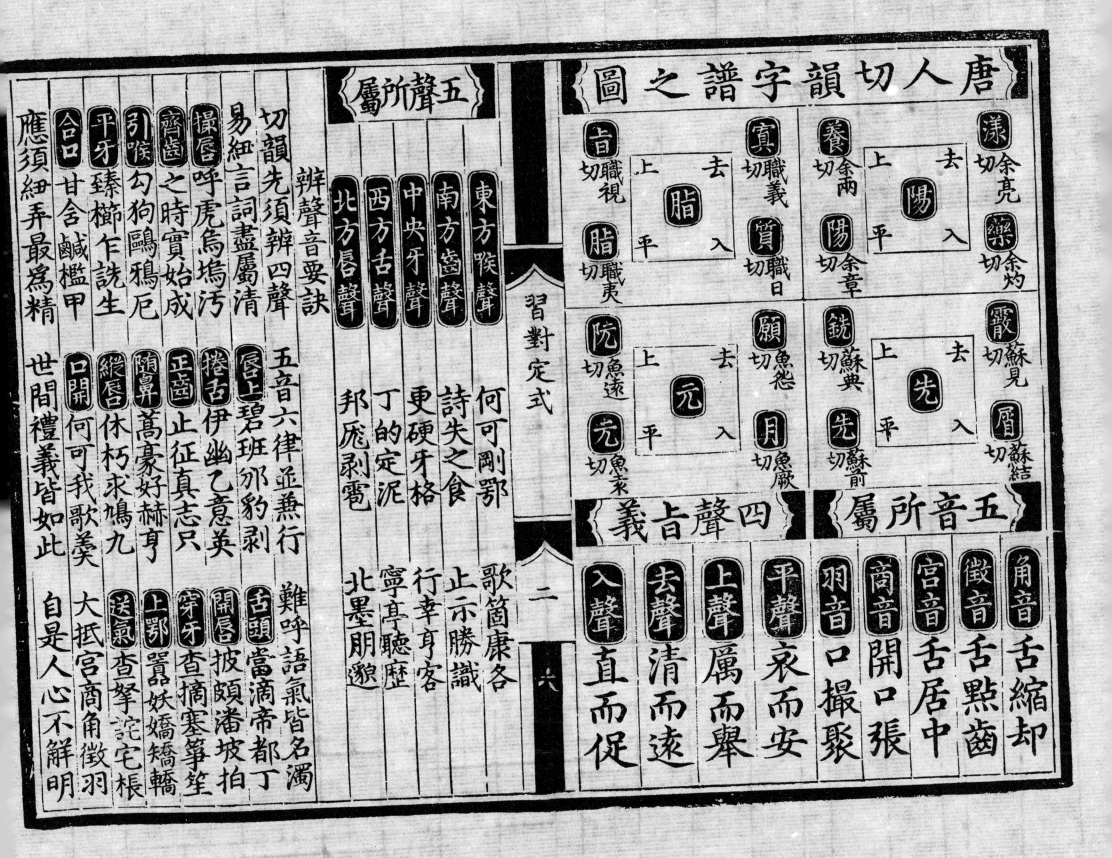

應須絲弄最爲精
世間禮義皆如此
自是人心不辨明

合口 甘含鹹濫甲
口開 何可我哥歌
大抵宮商角徵羽

平牙 臻櫛仕詵生
[illegible] 休朽求鳩九
[illegible] 杏莖[illegible]枝根

引喉 勾拘甌姑尼
隨鼻 蒿高豪好麻
上齶 囂嬌妖嬌轎

齊齒 之時實始成
正齒 止征真志只
平牙 查摘寨爭[illegible]

撮唇 呼虎烏污
捲舌 伊幽乙意美
開唇 披頻蕃披伯

易知言詞盡屬清
舌上 知珍[illegible]約別
舌頭 當滴帝都丁

切韻先須辨四聲
五音六律並兼行
難呼語病皆名濁

辨聲音要訣

五聲所屬

北方唇音聲 非飛剝靈 北墨朋邈
西方舌聲 丁的定泥 當亭聽庭
中央牙聲 更硬牙格 行辛直各
南方齒聲 詩失之食 止示勝識
東方喉聲 何可鴉語 歌個康各

習對定法

二

唐人切韻字譜之圖

上 去 平 入	上 去 平 入
古 切臘規；陰 切臘真；[illegible] 切臘義；[illegible] 切臘日	養 切舍西；陽 切舍章；[illegible] 切舍亮；[illegible] 切舍[illegible]
[illegible] 切魚遊；[illegible] 切魚來；[illegible] 切魚[illegible]；月 切魚[illegible]	[illegible] 切蘇典；先 切蘇前；[illegible] 切蘇見；[illegible] 切蘇結

四聲表

入聲直而促
去聲清而遠
上聲厲而舉
平聲哀而安

五音所屬

羽音口撮聚
商音開口張
宮音舌居中
徵音舌點齒
角音舌縮卻

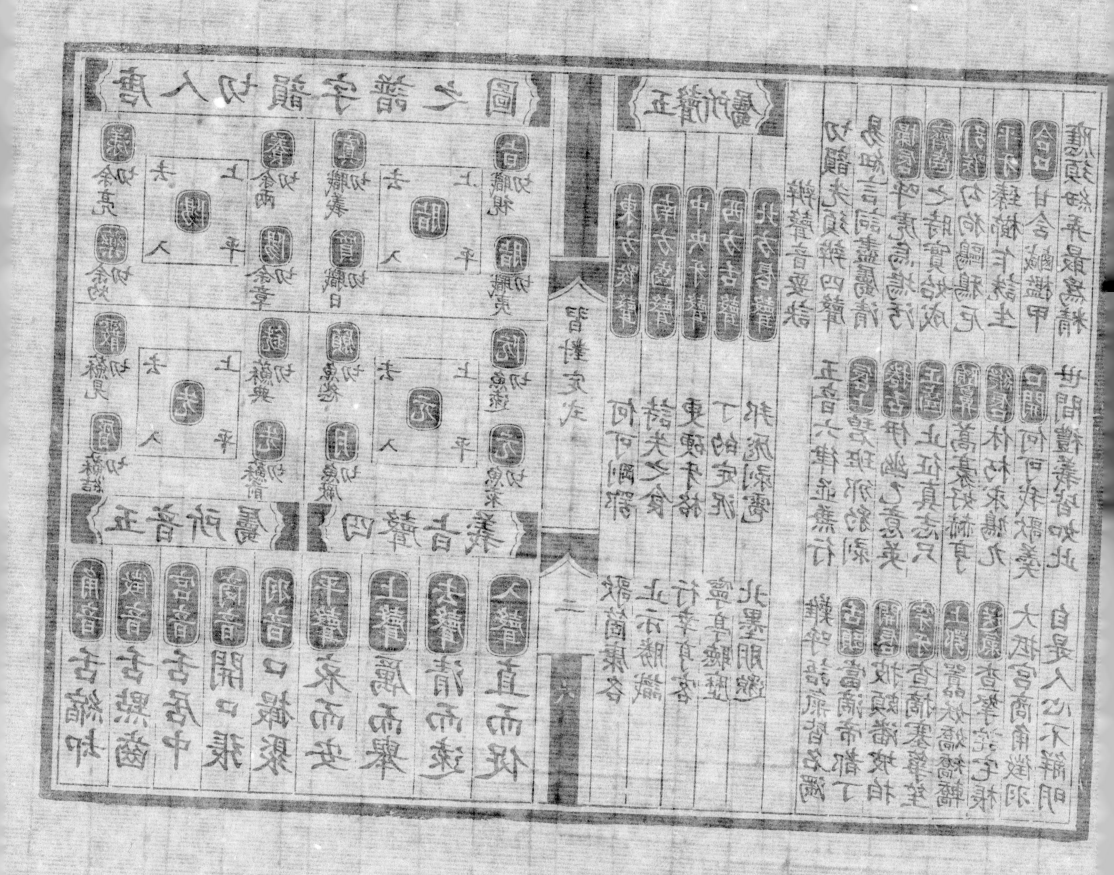

習對歌

格式對

平對仄　仄對平　反切要分明　有無虛與實
死活重兼輕　上去入音爲仄韻　東西南字是平聲
實對實　虛對虛　輕重莫偏枯　留心勤事業
滿腹富詩書　古人已用三冬足　年少今開萬卷餘

五音對

尋義理　辨音聲　呼吸習調停　角宮商徵羽
牙齒舌喉脣　難呼語氣皆爲濁　易紐言辭盡屬清

天文對

天對地　地對天　天地對山川　清風對皓月
暮雨對朝煙　北斗七星三四點　南山萬壽十千年
天對日　雨對風　遠漢對長空　祥雲對瑞雪
露重對霜濃　微雨洒波紋縐綠　細風吹燭影搖紅

時令對

春對夏　夜對晨　夏至對秋分　重陽對七夕
上巳對清明　三百枯棊消永晝　十千美酒賞芳辰

地理對

泉對石　水對山　峻嶺對狂瀾　柳堤對花圃
澗壑對峰巒　舟橫清淺水村晚　路入翠微山寺寒

宮室對

樓對閣　寺對宮　庭院對垣墉　千門對萬瓦
屋角對庭中　畫棟雕梁風殿閣　明堂淨室月簾櫳

國號對

今對古　漢對唐　五帝對三皇　晉齊韓魏趙
吴蜀宋陳梁　虞夏商周爲四代　禹湯文武是三王

人物對

夫對婦　主對賓　父子對君臣　弟兄分內外
朋友别踈親　日用三綱扶世道　天常五典敘彝倫

身體對

頭對面　口對身　白髮對紅脣　咽喉對肺腑
目美對眉顰　玉骨瓊肌非俗子　朱顏綠鬢盡佳人

晉槿桼

衣帛對 衣對袖 舄對巾 衣褐對書紳 羅幃對珠履
束帶對鋪茵 禮樂衣冠由上國 文章黼黻美吾身

食饌對 茶對酒 飯對羹 美醖對香粳 烹羊對膾鯉
煮茗對餐英 蓴菜久思猶客旅 鹽梅相和有公卿

器物對 書對畫 瑟對琴 笛韻對鐘聲 宮簫對塞管
曉角對寒砧 炳耀斗牛橫劒氣 清泠山水作琴音

珍寶對 犀對象 玉對金 玉殿對瑶京 琉璃對玳瑁
玉燭對銀燈 融融春近冰消玉 凛凛冬來雪積瓊

文史對 經對史 賦對詩 傳記對文辭 彤奇對書典
訓詁對箴規 五行俱下讀書日 一舉成名射策時

草木對 松對柏 柳對花 紫萼對紅葩 葡萄對橄欖
石竹對山茶 翠麥舞風千頃浪 紅桃映日一川霞

鳥獸對 鸞對鳳 鴈對鶯 犬吠對鷄鳴 龍吟對虎嘯
社燕對秋鴻 蝴蝶夢中家萬里 子規枝上月三更

五色對 黄對黑 白對紅 碧草對青松 朱顔對緑鬢
粉蝶對黄蜂 鴛鷺丹墀先俊彦 貔貅紫塞上英雄

數目對 三對五 萬對千 四季對三元 孤秦對兩漢
萬壽對千年 春過園林花一夢 日長庭院柳三眠

聲色對 聲對色 影對光 柳影對花香 山形對地勢
吐秀對騰芳 去國心如砧韻碎 思鄉夢與角聲長

心情對 憂對喜 性對心 意氣對胸襟 吟懷對飲興
思淺對情深 逆旅覊懷愁萬斛 佳人嬌態笑千金

方隅對 南對北 北對東 後殿對前宮 山南對嶺北
北雪對東風 星光燦燦皆朝北 水勢滔滔必向東

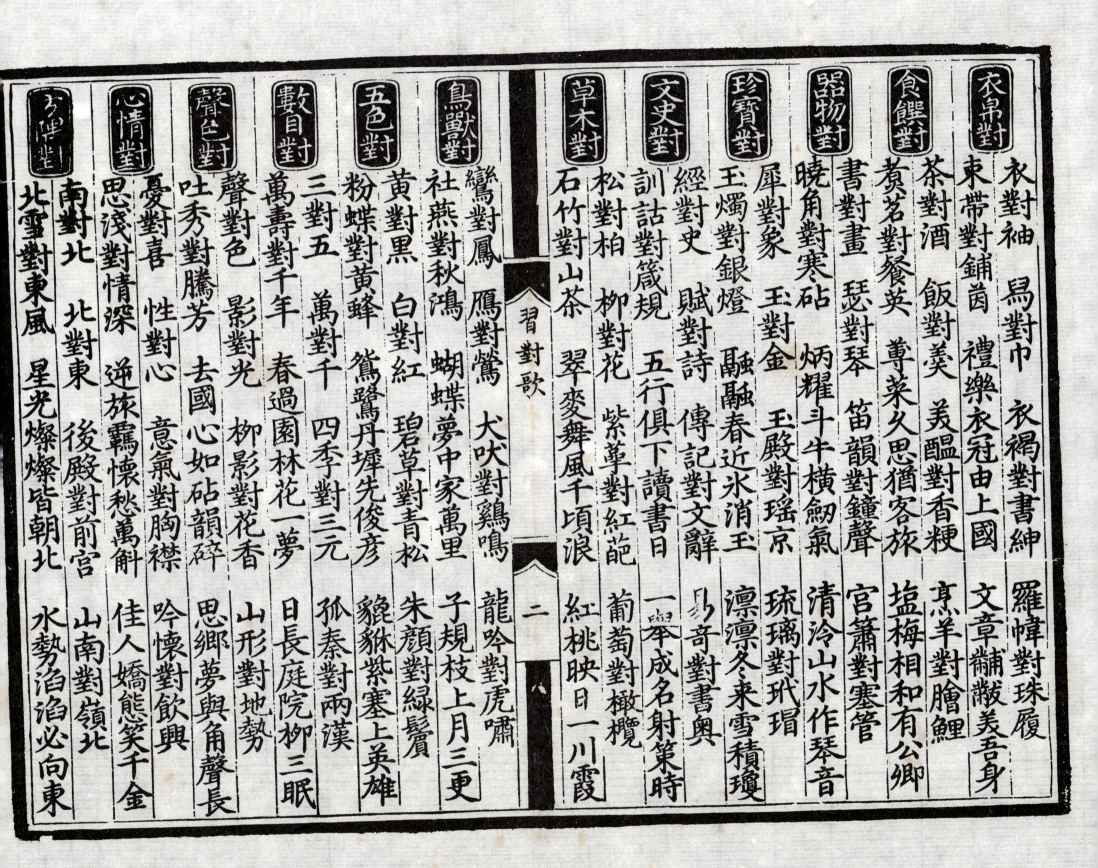

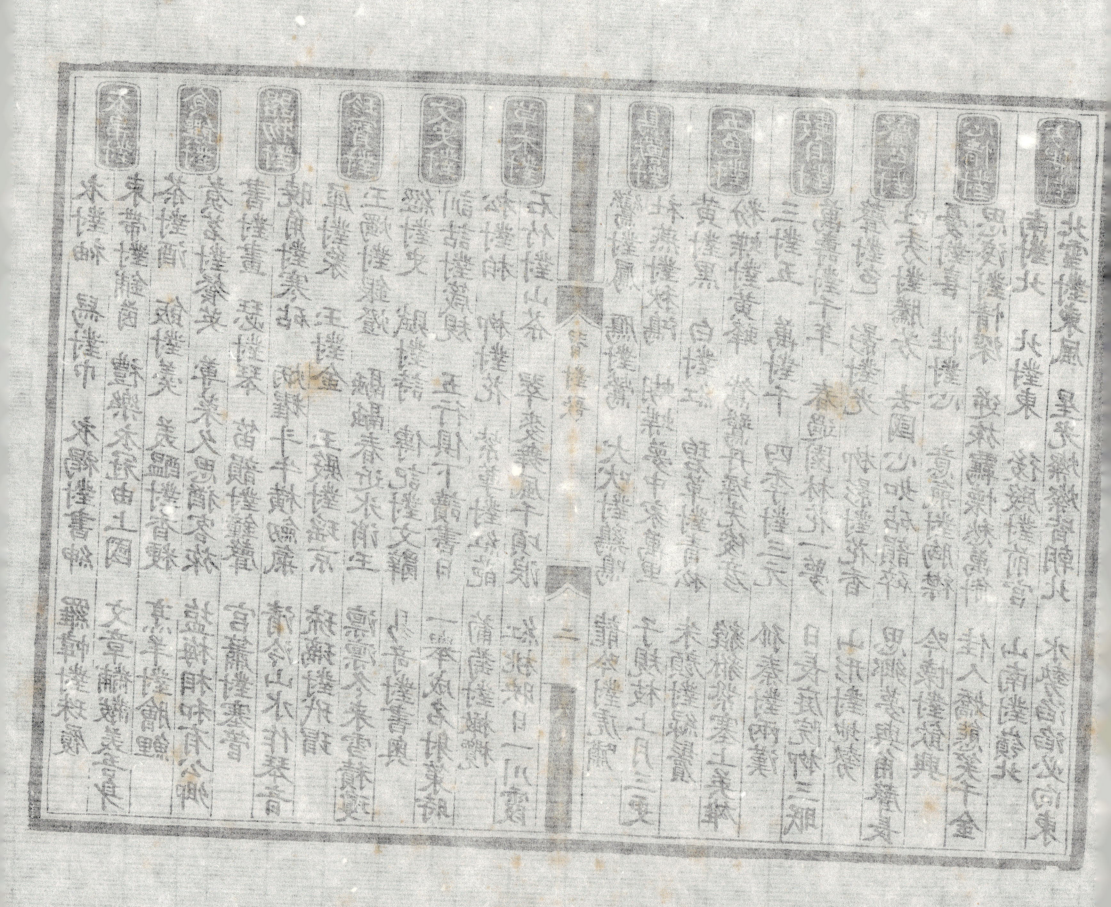

內外對

中對外　後對前　月下對雲邊　山頭對谷口
圃內對林間　簷外松杉滴清露　門前桑柘鎖寒煙

虛字對

長對短　盛對衰　大小對高低　古今對終始
否泰對安危　數盤棊罷收成敗　一幅書藏息是非

如似對

疑對訝　似對如　似玉對如珠　如煙對似火
似蓋對如梳　一川楊柳如絲裊　十里荷花似錦鋪

重疊對

重對疊　疊對重　岌岌對溶溶　依依對灼灼
喔喔對雝雝　雲頭艷艷開金餅　水面沉沉臥彩虹

將作對

堪對可　乍對將　欲綻對初芳　偏宜對雅稱
所媿對何妨　低昂北斗夜將半　斷續西風天正涼

助辭對

然對則　乃對於　往矣對歸歟　懋哉對彰若
樂只對加于　暴君似此之類也　廉吏如斯而已乎

歌對讀　偶對聯　勤篤莫遷延　成名應有日

勸學對

得志可朝天　綠袍著處君恩重　黃榜開時御墨鮮
新進士　好男兒　得志便揚眉　瓊林恩錫宴
玉殿御頒詩　一舉首登龍虎榜　十年身到鳳凰池

習對歌　終

對類目錄

天文門　卷之一

一字類

天日第一　高厚第二　吹照第三

聲色第四

二字類

乾坤日月第五　風濤雨水第六　霜天雪月第七

長天永日第八　天高日遠第九　風吹日照第十

雲行雨施十一　行雲落日十二　爲霜作雪十三

隨風送雨十四　祥雲瑞日十五　天綱日紀十六

天常帝則十七　天邊日下十八　初霜乍雨十九

無雲有月二十　如雲似月二十一　如春似晝二十二

晴天暖日二十三　天寒日暖二十四　春天夏日二十五

生寒布暖二十六　江風漢月二十七　銜山出岫二十八

荷風杏雨二十九　霜花雪絮三十　烘桃拂柳三十一

滋花潤葉三十二　陽烏月兔三十三　蟾蜍蝃蝀三十四

金烏玉兔三十五　烏輪兔魄三十六　烏飛兔走三十七

摶鵬隱豹三十八　牕風檻雨三十九　星房月殿四十

星躔斗柄四十一　當樓入戶四十二　帆風笛月四十三

飛絲散綺四十四　吹帆照席四十五　如絲似箭四十六

金風玉露四十七　星珠月璧四十八　金輪玉鑑四十九

連珠合璧五十　堯天舜日五十一　民星尹日五十二

對類目錄

天文門 卷之二

一字類

天日第一　高厚第二　吹照第三

聲色第四

二字類

乾坤日月第五　風調雨水第六　霜天雪月第七
長天永日第八　天高日遠第九　風吹日照第十
雲行雨施十一　行雲落日十二　寒霜作雪十三
隨風逐雨十四　祥雲瑞日十五　天綱日紀十六
天常帝則十七　天邊日下十八　初霜午雨十九
無雲有月二十　如雲似月二十一　春天夏日二十二
晴天暖日二十三　天寒日暖二十四　如春似晝二十五
主寒布暖二十六　江風漢月二十七　衝山出岫二十八
荷風杏雨二十九　霜花雪葉三十　蛛絲拂柳三十一
溢花潤葉三十二　陽烏月兔三十三　[illegible]蜂蝶蝀三十四
金烏玉兔三十五　烏輪兔魄三十六　鳶飛兔走三十七
搏鵰隱豹三十八　簷風檻雨三十九　星宮月殿四十
星躔斗柄四十一　當樓入戶四十二　帆風雷月四十三
飛絲散綺四十四　吹帆照席四十五　如絲似縷四十六
金風玉露四十七　星珠月璧四十八　金輪玉鑑四十九
連珠合璧五十　堯天舜日五十一　[illegible]星拜日五十二

天孫月姊 五十三 嫦娥織女 五十四 仁風教雨 五十五
吹人照我 五十六 登天步月 五十七 愁雲喜雨 五十八
風號露泣 五十九 雲頭雨脚 六十 無聲有韻 六十一
青天白日 六十二 天青月白 六十三 風光日色 六十四
光輝彩兎 六十五 呈祥散彩 六十六 光浮影轉 六十七
清光淡影 六十八 光清色潤 六十九 東風北斗 七十
風南斗北 七十一 生東拱北 七十二 東升北指 七十三
雙星片月 七十四 三光五色 七十五 初升乍起 七十六
輕敲密洒 七十七 吹開洗出 七十八 升沉出没 七十九
吹嘘照映 八十 輕清皎潔 八十一 油然沛若 八十二
蒼蒼皎皎 八十三

三字類

會風雲依日月 八十四 霧如雲天似水 八十五 啓蟄雷賓鴻月 八十六
五更霜三日雨 八十七 雨生涼風鮮凍 八十八 水中天川上日 八十九
一江風千里月 九十 洞庭霜暘谷日 九十一 泰嶺雲吳江雪 九十二
北海風東山月 九十三 綠楊風紅杏雨 九十四 蓼花風梅子雨 九十五
菡萏風芭蕉雨 九十六 桑柘煙梧桐月 九十七 養花天滋菊露 九十八
雪壓梅風敲竹 九十九 玉殿風瑤臺月 一百 曲巷風斜窓月 百一
板橋霜茅店月 百二 雲度墻月當户 百三 酒旗風書案雪 百四
半帆風一犁雨 百五 月如弓風似箭 百六 雨飛絲霞散綺 百七
大王風御史雨 百八 月滿懷風吹鬢 百九 雨露恩天地性 百十
雨百川風四海 百十一 九重天三丈日 百十二

四字類

日月星辰風雨霜露 百十三 霽月光風秋霜烈日 百十四

日月星辰風雨霜露 百十三　霽月光風秋霜烈日 百十四

四字類

雨百川風四海 百十一　九重天三丈日 百十二
大王風諸史雨 百八　月滿懷風吹讀 百九　雨露恩天地性 百十
半帆風一犁雨 百五　月如弓風似箭 百六　雨飛絲霰散珠 百七
板橋霜茅店月 百二　雲度嶺月當戶 百三　酒旗風書案雪 百四
雲壓岸風敲竹 九十九　玉殿風瑤臺月 一百　曲巷風斜窗月 百一
蕭蕭風芭蕉雨 九十六　桑柘煙梧桐月 九十七　養花天滋菊露 九十八
北海風東山月 九十三　綠楊風紅杏雨 九十四　萲花風梅子雨 九十五
一江風千里月 九十　洞庭霜暘谷日 九十一　秦嶺雲吳江雪 九十二
五更霜三日雨 八十七　雨生涼風解凍 八十八　水中天川上日 八十九
會風雲作日月 八十四　露如雲天似水 八十五　啟蟄雷賓鴻月 八十六

三字類

蒼蒼皎皎 八十三
吹噓照映 八十　輕清皎潔 八十一　油然沛若 八十二
輕敲密洒 七十七　吹開洗出 七十八　升沉出沒 七十九
雙星片月 七十四　三光五色 七十五　初升乍落 七十六
風南斗北 七十一　生東拱北 七十二　東升北指 七十三
清光淡影 六十八　光清色潤 六十九　東風北斗 七十
光輝彩麗 六十五　星祥散彩 六十六　光浮影轉 六十七
青天白日 六十二　天青月白 六十三　風光日色 六十四
風清露冷 五十九　雲頭雨腳 六十　無聲有韻 六十一
吹入照徹 五十六　登天步月 五十七　移雲喜雨 五十八
天孫月姊 五十三　嫦娥織女 五十四　仁風救雨 五十五

烈風迅雷層氷積雪 百十五　紫電清霜青天白日 百十六
雲淡風輕天長地久 百十七　地闢天開雲行雨施 百十八
對月臨風升天入地 百十九　沃日清明雲霧披靚 百二十
整頓乾坤呼吸霜露 百二十一　雨態雲情月華星彩 百二十二
倏陰忽晴作寒又暖 百二十三　分陰分陽潛天潛地 百二十四
輕暖輕寒重輪重暈 百二十五　三辰五星五風十雨 百二十六

地理門　卷之二

一字類

山水第一　州縣第二　深淺第三
流峙第四

二字類

江山水石第五　岩泉野燒第六　吳山楚水第七
蓬萊閬苑第八　高山遠水第九　山高水遠第十
山迴水遶十一　層崖疊嶂十二　飛泉溜石十三
穿沙觸石十四　山前水上十五　中林上苑十六
連山遍野十七　雲山雪嶺十八　連天漾月十九
春山曉岸二十　晴山霽野二十一　山寒水暖二十二
山光水色二十三　桃源柳岸二十四　生萍熟麥二十五
龍山鴈塞二十六　羊腸燕尾二十七　山屏水練二十八
撥藍漱玉二十九　江城水國三十　皇州帝里三十一
郊關井里三十二　青山綠水三十三　山青水綠三十四
金城玉壘三十五　登山涉水三十六　臨池夾岸三十七
耕莘釣渭三十八　山頭水面三十九　東郊北岸四十

烈風迅雷履冰積雪 百十五　紫電青霜青天白日 百十六
雲淡風輕天長地久 百十七　地闢天開雲行雨施 百十八
對月臨風升天入地 百十九　天日清明雲霧披覩 百二十
整頓乾坤[illegible]及霜露 百二十一　雨態雲情月華星彩 百二十二
倏陰忽晴乍寒又暖 百二十三　分陰分陽潛天潛地 百二十四
輕暖輕寒重輪重暈 百二十五　三辰五星五風十雨 百二十六

地理門　卷之三

一字類

山水第一　州縣第二　溪谷第三

二字類

流峙第四
江山水石第五　岩泉野燒第六　吳山楚水第七
蓬萊閬苑第八　高山流水第九　山高水遠第十
山回水遶十一　層巒疊嶂十二　飛泉濯石十三
穿沙觸石十四　山前水上十五　中林上流十六
連山遍野十七　雲山雪嶺十八　連天漾月十九
春山曉岸二十　晴山霽野二十一　山寒水瘦二十二
山光水色二十三　桃源柳岸二十四　生萍[illegible]變二十五
龍山鳳塞二十六　羊腸燕尾二十七　山屏水練二十八
[illegible]盤漱玉二十九　江城水國三十　皇州帝里三十一
郊關井里三十二　青山綠水三十三　山青水綠三十四
金城玉壘三十五　登山涉水三十六　臨池夾岸三十七
耕[illegible]釣渭三十八　山頭水面三十九　東郊北岸四十

溪南岸北 四十一 江南塞北 四十二 南蠻北狄 四十三
東流北聳 四十四 朝東自北 四十五 他鄉故國 四十六
長流遠聳 四十七 爭流競秀 四十八 難窮莫測 四十九
粧成削出 五十 深中淺處 五十一 如山若海 五十二
無聲有色 五十三 千山萬水 五十四 群方萬國 五十五
高低遠近 五十六 周流灌注 五十七 崔嵬浩蕩 五十八
泠然屹若 五十九 村村岸岸 六十 巍巍渺渺 六十一

三字類

風月塘煙霞島 六十二 水連天山吐月 六十三 桃李蹊松竹徑 六十四
杏花村桃葉渡 六十五 白蘋洲紅蓼岸 六十六 雞犬村牛羊徑 六十七
蛺蝶畦鴛鴦渚 六十八 白鷺洲金牛驛 六十九 化龍池馳驥坂 七十
水明樓山擁戶 七十一 山連屏水拖練 七十二 水明心山對面 七十三

田園居湖海夢 七十四 賁丘園起畎畝 七十五 潔襟泉載舟水 七十六
力拔山功平水 七十七 武陵源彭蠡澤 七十八 謝家塘潘岳縣 七十九
道若塗性猶水 八十 五老峯三姑石 八十一 萬重山三級浪 八十二
十二州八百國 八十三

四字類

山川丘陵澗溪沼沚 八十四 紫陌紅塵青山綠水 八十五
大海細流崇山峻嶺 八十六 潦盡潭清峯迴路轉 八十七
柳陌花衢竹籬茅舍 八十八 臨水登山求田問舍 八十九
擊楫渡江乘桴浮海 九十 傅說築岩伊尹耕野 九十一
東澗西瀍左洙右泗 九十二 海北天南山間林下 九十三
決東決西自南自北 九十四 鐵冶銅山金淵玉海 九十五
如山如河有源有委 九十六 四海九州千村萬落 九十七

四字類

三字類

節令門 卷之三

一字類

春夏 第一　寒暑 第二　初末 第三
來往 第四

二字類

春秋晝夜 第五　中元上巳 第六　時當候届 第七
初春早夏 第八　春初夏末 第九　芳春永夏 第十
良辰美景 十一　時和歲稔 十二　春來夏到 十三
先春往歲 十四　春前臘後 十五　經春歷夏 十六
朝升晚出 十七　晴春霽曉 十八　春寒夏熱 十九
春朝夏夜 二十　炎涼冷暖 二十一　初寒乍暖 二十二

微寒酷熱 二十三　寒輕暑薄 二十四　催寒送暖 二十五
寒生暑退 二十六　霜晨雪夜 二十七　花朝菊節 二十八
鑽楓泛菊 二十九　春生夏長 三十　鶯春燕社 三十一
庭春院午 三十二　青春素節 三十三　昏黃曉白 三十四
青皇赤帝 三十五　春光夏氣 三十六　時光景色 三十七
寒光暖氣 三十八　堯時夏歲 三十九　春遊夜坐 四十
迎春送夏 四十一　愁寒怨暑 四十二　登高競渡 四十三
書雲改火 四十四　流觴落帽 四十五　懷氷坐甑 四十六
熏心破肉 四十七　如湯似水 四十八　如熏若洗 四十九
環循轂轉 五十　更籌曉箭 五十一　初來乍到 五十二
方深未艾 五十三　翻成變作 五十四　三春九夏 五十五
推移代謝 五十六　融和凜冽 五十七　溫然凜若 五十八

嶺令門 卷之三

律髓目錄

（本卷詩目，各題下注卷次）

温温赫赫 五十九 時時日日 六十

二字類

賞月宵書雲日 六十一 洛陽春瀟湘曉 六十二 上苑春前村夜 六十三
帝都春譙樓曉 六十四 别館秋書窓午 六十五 夏氣清春光暮 六十六
桃李春梧桐夜 六十七 賞花天泛菊月 六十八 紅杏春黄橙景 六十九
杏花天楓葉曉 七十 賔鴻秋來燕社 七十一 鴻鴈秋雞豚社 七十二
客氊寒僧帳暖 七十三 一年春三伏夏 七十四 十二時三五夜 七十五

四字類

日月歳時分至啓閉 七十六 上日正朝好天良夜 七十七
春耕夏耘秋獮冬狩 七十八 大禹惜陰仲尼愛日 七十九
執規司春作曆觀象 八十 月紀更新歳功成就 八十一
咨暑咨寒昰晝昰夜 八十二 一日三秋五年再閏 八十三
三百六旬二十四氣 八十四

花木門 卷之四

一字類

桃李 第一 禾稼 第二 花葉 第三
香馥 第四 喬嫩 第五 開發 第六
攀折 第七

二字類

松篁杞梓 第八 荼蘼菡萏 第九 梅花柳葉 第十
叢梅榦竹 十一 枝柯節目 十二 喬松嫩柳 十三
松高竹密 十四 靈椿老柏 十五 奇花茂葉 十六
花繁葉密 十七 梅開柳發 十八 梅肥竹瘦 十九

花愁葉病 二十　松號柳舞 二十一　穿萍度竹 二十二
開花結子 二十三　花開葉落 二十四　風松露菊 二十五
霜根露蕋 二十六　桃霞柳雪 二十七　紅霞白雪 二十八
蒸霞積雪 二十九　含煙帶雪 三十　春桃夏竹 三十一
春花夏葉 三十二　松寒竹爽 三十三　爭春破臘 三十四
江梅岸柳 三十五　山茶石菊 三十六　沿堤貼水 三十七
鳧茨燕麥 三十八　鶯花鳳竹 三十九　藏鴉宿鳳 四十
宮梅禁柳 四十一　窓梅院竹 四十二　翻堦覆牖 四十三
荷錢柳線 四十四　青錢綠線 四十五　金錢翠蓋 四十六
臙脂錦綉 四十七　垂絲破玉 四十八　青松綠柳 四十九
橙黃橘綠 五十　紅花綠葉 五十一　花紅葉綠 五十二
梅香柳色 五十三　金蓮錦李 五十四　金英玉葉 五十五

和羹止渴 五十六　吳楓楚柳 五十七　梅兄竹友 五十八
佳人稚子 五十九　愁人送客 六十　栽梅種柳 六十一
分茅視草 六十二　栽花採葉 六十三　雞頭鴨脚 六十四
桃腮杏臉 六十五　花心葉頂 六十六　齊腰照眼 六十七
忘憂解語 六十八　天香國色 六十九　清標勁色 七十
無香有色 七十一　梅邊柳上 七十二　花前葉上 七十三
香中影裏 七十四　清香秀色 七十五　香清色秀 七十六
香浮影散 七十七　含芳吐秀 七十八　爭妍競秀 七十九
爭開競吐 八十　初開乍發 八十一　初榮乍老 八十二
開時落處 八十三　開殘落盡 八十四　粧成染出 八十五
三槐九棘 八十六　千枝萬葉 八十七　栽培剪伐 八十八
榮枯秀實 八十九　鋪陳點染 九十　芳菲爛熳 九十一

嫣然妖若 九十二 枝枝朶朶 九十三 依依灼灼 九十四

三字類

采蘋蘩敬桑梓 九十五 雪中梅霜外竹 九十六 菊傲霜荷擎雨 九十七
臘前梅秋後菊 九十八 柳爭春梅破臘 九十九 隴頭梅籬畔菊 一百
洛陽花彭澤柳 百一 吳江楓蔣徑竹 百二 北苑茶東籬菊 百三
江路梅市橋柳 百四 三徑松兩窗竹 百五 藤刺簷花覆牖 百六
翠鈿荷紅錦藥 百七 玉簪蓮金絲柳 百八 柳搖金梅破玉 百九
大夫松君子竹 百十 潘岳花陶潛菊 百十一 解語花忘憂草 百十二
草忘憂花解語 百十三 一枝梅千樹橘 百十四 十丈蓮兩岐麥 百十五
萬年枝千歲子 百十六 兩三竿千萬朶 百十七

四字類

黍稷稻粱臺萊杞李 百十八 穠李夭桃敗荷衰柳 百十九

岸芷汀蘭山桃野杏 百二十 隔竹敲茶傍花隨柳 百廿一
唐叔得禾后稷播穀 百廿二 李白桃紅橙黃橘綠 百廿三
紅蓼白蘋碧梧翠竹 百廿四 菊暗荷枯竹苞松茂 百廿五
萬葉千枝三花五蕋 百廿六 不蔓不枝方苞方體 百廿七

鳥獸門 卷之五

一字類

鶯燕 第一 毛羽 第二 嬌嫩 第三
飛躍 第四

二字類

牛羊鳥獸 第五 麒麟翡翠 第六 鯤魚鳳鳥 第七
流鶯語燕 第八 鶯啼燕語 第九 嬌鶯乳燕 第十

三字類

對類目錄　九

獺祭魚鷹攫兎八十　牧牛羊驅虎豹八十一　霜外猿雲間鴈八十二
九霄鵬千里馬八十三　北海鵬南山豹八十四　巫峽猿揚州鶴八十五
水中鷗沙上鴈八十六　魚躍淵鶯出谷八十七　柳中鶯花裏蝶八十八
鴈啣蘆鶯擲柳八十九　屋上烏堂前燕九十　吞舟魚負圖馬九十一
葉公龍馮婦虎九十二　鴈來賓鶯喚友九十三　黑衣郎青裙女九十四
玉蟾蜍金孔雀九十五　兩三行千萬點九十六

四字類

麟鳳龜龍雞豚狗彘九十七　孔明臥龍賈誼賦鵬九十八
鷺序鴛行蜂媒蝶使九十九　浪蝶狂蜂落霞孤鶩一百
鶴怨猿啼龍吟虎嘯百一　歸馬放牛攀龍附鳳百二
非熊非羆如狼如虎百三　為淵敺魚守株待兎百四
鵬路翱翔龍門變化百五　自去自來相親相近百六
赤舄文人緑衣使者百七　五馬一龍千乘萬騎百八

宮室門　卷之六

一字類

宮殿第一　高大第二　開閉第三

二字類

樓臺殿閣第四　窓櫺柱礎第五　闌干瑣闥第六
高樓邃閣第七　層樓疊閣第八　樓高閣峻第九
樓前閣上第十　樓頭屋角十一　侵軒遶戶十二
盈庭滿座十三　繩樞甕牖十四　風亭月榭十五
飛雲得月十六　春臺曉閣十七　涼臺暖閣十八
樓涼閣暖十九　江樓水閣二十　依岩傍水二十一

四字類

宮室門　卷之六

一字類

二字類

梅窓柳院 二十二 誅茅結草 二十三 長楊細柳 二十四
龍樓鳳閣 二十五 鴛鴦孔雀 二十六 金鸞鐵鳳 二十七
栖鸞戲馬 二十八 魚鱗鳥翼 二十九 朱樓翠閣 三十
樓紅牖綠 三十一 塗朱飾翠 三十二 樓陰瓦影 三十三
金門玉殿 三十四 書窓酒肆 三十五 秦樓楚榭 三十六
皇家帝闕 三十七 披香太液 三十八 登樓入室 三十九
窓開戶掩 四十 居高養拙 四十一 棲遲出入 四十二
誰家爾室 四十三 無門有室 四十四 南樓北閣 四十五
樓東舍北 四十六 千門萬戶 四十七 推開掩上 四十八
輕敲密掩 四十九 高臨俯瞰 五十 高卑曲直 五十一
經營撲斲 五十二 高明壯麗 五十三 華哉麗矣 五十四
潭潭奕奕 五十五

三字類

昭陽宮太極殿 五十六 望月樓淩風閣 五十七 芍藥欄荼蘼架 五十八
鳳凰臺麒麟閣 五十九 黃鶴樓烏衣巷 六十 黃金臺白玉殿 六十一
玉龍樓金牛驛 六十二 管絃樓燈火市 六十三 賣酒家讀書閣 六十四
富倉廩充府庫 六十五 庚亮樓滕王閣 六十六 君子堂神仙宅 六十七
八九家十萬戶 六十八 百尺樓萬間廈 六十九 細柳營長楊苑 七十

四字類

紫閣彤闈朱門白屋 七十一 金馬玉堂竹籬茅舍 七十二
峻宇雕墻高梁大廈 七十三 大禹卑宮宣王考室 七十四
鴈塔龍門螢窓雪案 七十五 室倏門闌宮庭壇宇 七十六
接棟連甍升堂入室 七十七 宜室宜家肯堂肯構 七十八
舞榭歌臺書堂道院 七十九

四字類

三字類

器用門 卷之七

一字類

車盖 第一　長短 第二　吹擊 第三

二字類

琴棊筆硯 第四　鞦韆蹴踘 第五　棊枰匔匣 第六
囊琴匣匔 第七　書燈酒旆 第八　蹀鐘短笛 第九
琴長笛短 第十　鐘鳴笛響 十一　舟行棹舉 十二
樽前席上 十三　盈樽滿盞 十四　雲帆月笛 十五
敲霜咽月 十六　轟雷閃電 十七　春船夏舫 十八
寒砧暖律 十九　氊寒席暖 二十　晨吹夜撫 二十一
江帆野笛 二十二　浮江泊岸 二十三　菱花竹葉 二十四
蓮舟桂棹 二十五　花氊竹簟 二十六　燈花簟竹 二十七
龍車鳳輦 二十八　牛刀馬勒 二十九　驚魚撲蝶 三十
虞琴孔匔 三十一　朝車禁鼓 三十二　漁舟牧笛 三十三
揚鞭策杖 三十四　聞笳聽笛 三十五　歸鞍去棹 三十六
同車共席 三十七　琴心帶眼 三十八　腰刀手匔 三十九
陶情得趣 四十　金盃玉斝 四十一　金魚寶鴨 四十二
朱簾翠幕 四十三　鐘聲笛韻 四十四　新聲雅韻 四十五
聲哀曲緩 四十六　和聲奏曲 四十七　聲傳響發 四十八
孤琴一匔 四十九　三通一曲 五十　彈成寫出 五十一
輕彈暗撥 五十二　方圓曲直 五十三　摩挲拂拭 五十四
丁當響亮 五十五　鼕鼕坎坎 五十六

三字類

器用門 卷之七

竹葉舟梅花角 五十七 紫茸氈青玉案 五十八 木蘭舟椰榆蕈 五十九
鸚鵡杯鸕鷀杓 六十 綠蓑衣青篛笠 六十一 金叵羅銀鑿落 六十二
水精簾雲母扇 六十三 象牙床龍鬚席 六十四 賣酒帘藏書篋 六十五
伯牙琴曾點瑟 六十六 石丈人松處士 六十七 即墨侯管城子 六十八
五絃琴三尺劒 六十九

四字類

弓矢戈矛盤盂几杖 七十 脆管繁絃長鎗大劒 七十一
黃鉞白旄朱簾翠幕 七十二 高祖踞鞍秦王擊缶 七十三
玉勒雕輪綸巾羽扇 七十四 竹杖芒鞋桑弧蓬矢 七十五
翠盖鸞旗鳳笙龍管 七十六 鼓瑟吹笙張弓挾矢 七十七
賣劒買牛捲簾通燕 七十八 簧暖笙清衾寒枕冷 七十九
茶鼎酒瓢粥魚齋鼓 八十 鼓瑟鼓琴賣刀賣劒 八十一
不疾不徐如離如會 八十二

人物門 卷之八

一字類

君后 第一 明哲 第二

二字類

君臣父子 第三 人君宰相 第四 王孫帝子 第五
男兒女子 第六 臣賢主聖 第七 明王聖主 第八
賢才俊傑 第九 才人美女 第十 來人去客 十一
詩人酒客 十二 皐陶伯益 十三 天神地獮 十四
呼童命友 十五 吳姬楚女 十六 西施織女 十七
田夫驛使 十八 飄蓬泛梗 十九 鴻儒羽客 二十

人物門 巻之八

龍飛虎變 二十一　蒼生赤子 二十二　金童玉女 二十三
南商北客 二十四　人皆我獨 二十五　人誇我愛 二十六
催人送我 二十七　憑他任我 二十八　誰人我輩 二十九
人前客裏 三十　三仁四皓 三十一　三都兩漢 三十二
三農百姓 三十三　英雄雅淡 三十四　賢哉卓爾 三十五
堂堂楚楚 三十六　（星翁日者）詳見天文門

三字類

聖明君忠直士 三十七　賢使君聖天子 三十八　大丈夫奇男子 三十九
社稷臣搢紳士 四十　山林人湖海客 四十一　商山翁嚴瀨客 四十二
竹林賢花縣宰 四十三　探花郎攀桂客 四十四　跨鶴仙攀龍客 四十五
鳳樓人龍門客 四十六　玉樓人金殿客 四十七　倚樓人題柱客 四十八
不世君非常士 四十九　遊冶郎風流壻 五十　五丈夫一男子 五十一
百萬師三千客 五十二　萬戶侯千金子 五十三

四字類

父子君臣王侯將相 五十四　聖帝明王英君誼辟 五十五
主聖臣賢父慈子孝 五十六　上行下隨君倡臣和 五十七
詩社酒徒園公溪友 五十八　難弟難兄愚夫愚婦 五十九
老成典刑風流醞藉 六十　堯帝如天文王若日 六十一
吾翁若翁隣子己子 六十二　三祖四宗三皇五帝 六十三
九五大人二三執政 六十四　天子明明王臣蹇蹇 六十五
君君臣臣父父子子 六十六

人事門 卷之九

一字類

人事門 卷之九

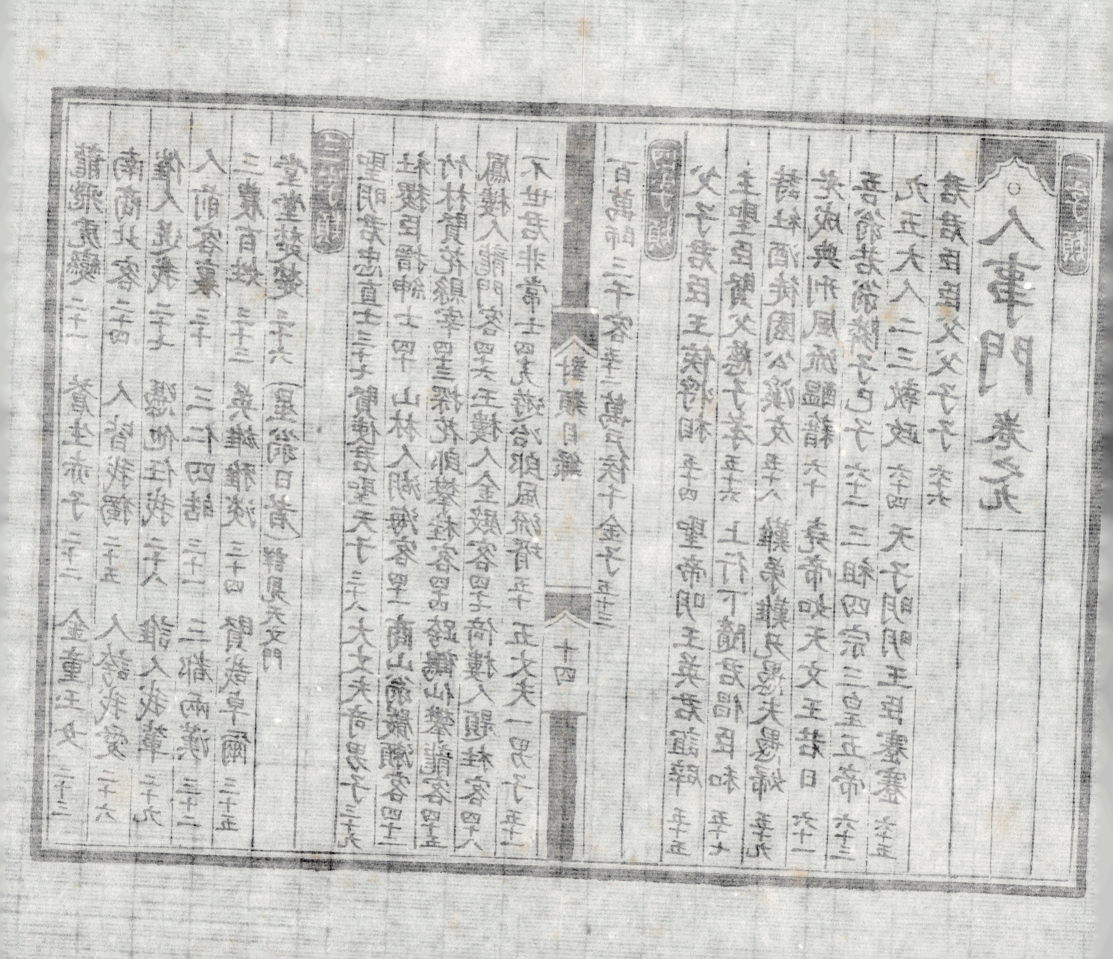

聞見第一　憂樂第二　遊宴第三

二字類

漁歌牧唱 第四　巫醫技藝 第五　人行客至 第六
閨情旅況 第七　婚姻喪祭 第八　同行獨坐 第九
閑遊靜坐 第十　因尋謾賞 十一　高攀滿酌 十二
豪吟醉舞 十三　愁聞喜見 十四　行觀坐聽 十五
離愁別恨 十六　憂愁喜樂 十七　聲音笑語 十八
功名事業 十九　生涯活計 二十　新歡舊恨 二十一
佳遊勝集 二十二　英標偉望 二十三　真愁偽喜 二十四
多愁半醉 二十五　牽情惹興 二十六　忘憂取樂 二十七
傳聞見說 二十八　歌闌宴罷 二十九　愁消樂極 三十
愁時樂處 三十一　閑中靜裏 三十二　東歸北望 三十三

征東逐北 三十四　歸來出去 三十五　牽成惹起 三十六
風流慷慨 三十七　行藏進退 三十八　登臨賞翫 三十九
安排斷送 四十　酕醄酩酊 四十一　欣然樂矣 四十二
三思一顧 四十三　千聞一見 四十四　匆匆役役 四十五
來來去去 四十六　同車並駕 詳見器用門

三字類

步月歸乘風去 四十七　笑生春嬌侍夜 四十八　送春行避暑飲 四十九
探花遊鬬草會 五十　虎豹威鴻鵠志 五十一　攀龍鱗附鳳翼 五十二
笙歌樓簫鼓市 五十三　汗漫遊酕醄飲 五十四　秉燭遊流盃飲 五十五

四字類

舞影歌聲詩情曲意 五十六　男耕女桑山歌社舞 五十七
厚約深盟佳音密耗 五十八　對酒當歌坐花醉月 五十九

樂極悲生酒闌人散 六十 叱咤風雲呼吸霜露 六十一
載笑載言一觴一詠 六十二 相應相求自斟自酌 六十三
百拜三行千慮一得 六十四

身體門 卷之十

一字類

身體 第一 情性 第二 肥瘦 第三

二字類

形骸手足 第四 精神態度 第五 眉毛鬢髮 第六
頭顱面貌 第七 眉心口角 第八 纖腰細臉 第九
肌香臉細 第十 芳心寄意 十一 侵眸撲面 十二
回頭送目 十三 心馳目送 十四 聞名見面 十五

眉間臉上 十六 盈頭滿目 十七 同心協力 十八
無情有意 十九 冰肌雪體 二十 眉雲鬢雪 二十一
梳雲掃月 二十二 紅冰白雪 二十三 春心晚興 二十四
情田性地 二十五 橫山剪水 二十六 腮桃臉杏 二十七
根心本性 二十八 生花起粟 二十九 龍顏鶴髮 三十
心猿氣馬 三十一 堆鴉拂翠 三十二 朱顏綠鬢 三十三
顏紅鬢白 三十四 心旌膽斗 三十五 瓊肌玉骨 三十六
銅關玉筍 三十七 胷酥腕玉 三十八 凝脂枕玉 三十九
詩腸酒量 四十 歌聲淚顆 四十一 愁眉醉眼 四十二
歸心別意 四十三 心君氣帥 四十四 堯眉舜目 四十五
蠻腰素口 四十六 人情客意 四十七 仙容國色 四十八
梳成綰就 四十九 濃粧淡掃 五十 雙眸兩鬢 五十一

二字類

二字類

身體門 卷之十

鬅鬙鬖娜 五十二　纖纖嫋嫋 五十三

三字類

心腹臣股肱相 五十四　天地心湖海志 五十五　心潛天手捧日 五十六
心如淵性猶水 五十七　松栢姿蒲柳質 五十八　腹詩書心錦繡 五十九
錦繡胷脂粉態 六十　鴻鵠心燕雀志 六十一　膽通身拳透爪 六十二
客子心丈夫志 六十三　澡精神正顏色 六十四　九尺身三寸舌 六十五
鬢蓬鬆胷磊落 六十六

四字類

元首股肱精神心術 六十七　柳眼花鬚桃腮杏臉 六十八
愉色婉容披肝露膽 六十九　耳聰目明神閑意定 七十
皓齒厖眉巧言令色 七十一　心地圓明性天廣大 七十二
方寸乾坤一襟風月 七十三　性內陰陽胷中天地 七十四

衣服門 卷之十二

一字類

冠冕第一　羅錦第二　鮮潔第三
裁翦第四

二字類

衣冠帳幕第五　絲羅錦綺第六　羅衣錦障第七
袈裟絡索第八　釵符幔帶第九　簾衣戟帶第十
羅紋繡色十一　峩冠博帶十二　輕纖細練十三
衣單袖窄十四　衣飄袂舉十五　盈衣滿袖十六
囊中袖裏十七　霓裳霧縠十八　懷冰疊雪十九
春衫夏葛二十　衾寒帳暖二十一　荷衣蕙帳二十二

衣服門 卷之十一

[illegible]目錄

鴛衾鳳帳 二十三 陶巾孟帽 二十四 吳綾蜀錦 二十五
儒冠武弁 二十六 征衫舞袖 二十七 披襟解帶 二十八
裙腰袖口 二十九 金釵玉佩 三十 青袍紫綬 三十一
黃綾紫錦 三十二 雙綾兩袖 三十三 千絲萬縷 三十四
裁成剪就 三十五 輕裁細剪 三十六 裁縫整理 三十七
鮮明瑩潔 三十八 鮮鮮楚楚 三十九

三字類

紫荷裳紅蓮幕 四十 獸錦袍鮫綃帳 四十一 雉頭裘虎皮帳 四十二
獬豸冠鷫鷞被 四十三 諸侯冠童子佩 四十四 閔子衣春申履 四十五
綠羅衣紅錦帳 四十六 千金裘百寶帶 四十七 綵雲衣白雪練 四十八

四字類

冠帶縉紳衣冠冕弁 四十九 綠衣黃裳青衫紫綬 五十
黃帝垂衣文王卑服 五十一 緇衣羔裘皮冠豹舄 五十二
短帽輕衫深衣大帶 五十三 夏葛冬裘春旗午漏 五十四
玉佩瓊琚錦衣綉帽 五十五 戴冕凝旒垂紳曳紱 五十六

聲色門 卷之十二

一字類

青白 第一 濃淡 第二 粧抹 第三

二字類

丹青碧綠 第四 紅光翠色 第五 輕紅嫩白 第六
紅稀綠暗 第七 堆紅積翠 第八 施朱傅粉 第九
紅粧綠染 第十 新粧乍染 十一 黃時綠候 十二
垂金綴玉 十三 千紅萬紫 十四 粧排點染 十五

彩色門 卷之十三

扶疎瑣碎 十六　黄黄白白 十七

重出類

清光秀色　香浮影散　臙脂翡翠

粧成染出 並見花木門　香濃色淡 見天文門　鵝黄鴨緑 見鳥獸門

三字類

鵝兒黄鴨頭緑 十八　半傳黄新破白 十九　緑依依紅灼灼 二十

四字類

重碧輕紅殘朱宿粉 二十一　弄粉調朱泛紅依緑 二十二

緑暗紅稀黄飛翠減 二十三　千紫千紅半白半黒 二十四

珍寶門　卷之十三

一字類

金玉 第一　良美 第二　淘琢 第三

二字類

金珠璧玉 第四　琉璃琥珀 第五　良金美玉 第六

團珠片玉 第七　珠圓玉絜 第八　珠連璧合 第九

敲金戛玉 第十　連星積雪 十一　藏川韞石 十二

沉盤韞匵 十三　隋珠趙璧 十四　公圭士寶 十五

金聲玉色 十六　黄金白玉 十七　金黄玉白 十八

千金萬寶 十九　三銖萬鎰 二十　成雙徑寸 二十一

磨成琢就 二十二　精磨細鍊 二十三　淘鎔冶鑄 二十四

瑰奇錯落 二十五　纍纍粲粲 二十六

三字類

麗水金崑山玉 二十七　呈琅玕寫琬琰 二十八　不疑金卞和玉 二十九

萬斛珠一雙璧 三十

四字類

圭璋璧琮金刀寶貝 三十一　戛玉鏗金懷珍抱璞 三十二
青圭赤璋黃琮白璧 三十三　孟嘗還珠卞和泣玉 三十四
如琢如磨不礲不錯 三十五　璧合珠聯金聲玉振 三十六

飲饌門 卷之十四

一字類

茶酒 第一　嘉旨 第二　烹飪 第三

二字類

粢盛飲食 第四　壺漿甕酒 第五　嘉殽美酒 第六
茶清酒冽 第七　茶香酒味 第八　炊香茹美 第九

烹茶煑酒 第十　茶邊酒裏 十一　筵開席徹 十二
流匙拍甕 十三　匙翻甕釀 十四　盈筵滿椀 十五
抄雲泛雪 十六　春茶社酒 十七　山肴野蔌 十八
藜羹麥飯 十九　斟花酌柳 二十　羊羹鯽膾 二十一
烹龍煑鶴 二十二　黃粱白酒 二十三　珍羞玉食 二十四
包金浙玉 二十五　屠蘇琥珀 二十六　蘆茶杜酒 二十七
詩神酒聖 二十八　澆腸適口 二十九　消愁解悶 三十
三牲五味 三十一　三盃一斗 三十二　三餐一吸 三十三
初香乍熟 三十四　斟來飲盡 三十五　高斟滿酌 三十六
烹煎醞釀 三十七　肥甘旨美 三十八　芬芬苾苾 三十九

三字類

建溪茶高陽酒 四十　蓴菜羹菊花酒 四十一　錦帶羹雕胡飯 四十二

雀舌茶牛心炙 四十三 傳説羹張華鮓 四十四 七椀茶千鍾酒 四十五

四字類

白飯青芻黃鷄白酒 四十六 細酒肥羊清茶淡飯 四十七

烹羊炮羔茹毛飲血 四十八 桂酒椒漿藜羹麥飯 四十九

斗酒雙魚簞食瓢飲 五十 傳説和羹儀狄造酒 五十一

醉醲飽鮮飲苦食淡 五十二 自酌自吟以享以祀 五十三

二醴三漿六牲八物 五十四

文史門 卷之十五

一字類

經史 第一 新雅 第二 吟講 第三

二字類

詩書典籍 第四 詩章詔旨 第五 詞章曲譜 第六

遺經古史 第七 新詩妙曲 第八 吟詩射策 第九

詩成賦就 第十 書中句裏 十一 風雲露月 十二

凌雲組霧 十三 朝吟夜誦 十四 詞源學海 十五

蒲編竹簡 十六 詩葩諫草 十七 生花夢草 十八

魚牋蠹簡 十九 龍翔鳳躍 二十 囊螢寄鴈 二十一

焚膏引燭 二十二 黃麻紫詔 二十三 珠璣錦綉 二十四

金書玉冊 二十五 琅函寶軸 二十六 軻書戴記 二十七

吳歌楚曲 二十八 山歌塞曲 二十九 驚神泣鬼 三十

詩逋酒債 三十一 潛心篤志 三十二 詩情曲意 三十三

三墳五典 三十四 吟哦講誦 三十五 吟餘讀罷 三十六

頻看遍覽 三十七 森嚴俊逸 三十八 昭然渾尒 三十九

篇篇句句 四十

三字類

日讀書夜觀史 四十一　教詩書立訓傳 四十二　金縢書玉牒史 四十三

少陵詩左思賦 四十四　五車書千里字 四十五

四字類

禮樂詩書典謨訓誥 四十六　斷簡殘編片言隻字 四十七

河圖洛書皇墳帝典 四十八　編詩讀書揮毫落紙 四十九

燒燭檢書焚香讀易 五十　虞書夏書商頌周頌 五十一

八卦縱橫七篇明白 五十二　諸子百家九經三傳 五十三

數目門 卷之十六

一字類

千萬 第一　分寸 第二

二字類

三千百萬 第三　無雙第一 第四　千尋萬仞 第五

千千萬萬 第六　行行點點 第七

三字類

二生三萬及秭 第八　數萬兵九五福 第九

四字類

朝四暮三天一地二 第十　咸五登三駢四儷六 十一

干支門 卷之十七

一字類

庚甲 第一

東甲 第一

一字類

干支門 卷之十

朝四暮三 天一地二 第十 成五登三 驛四擱六 十二

四字類

二生三萬 又稱數萬 兵九五福 第九

二字類

千千萬萬 第八 行行點點 第七

三千百萬 第三 無數萬一 第四 千字萬石 第五

一字類

千萬 第一 分寸 第二

一字類

數目門 卷之十六

八卦 九疇 大誥 白 三十三 諸子百家 九經三傳 三十三

繞 涵 檢 書 香 讀 易 二十 夏書 夏書 尚頌 周頌 三十一

河圖洛書 皇 墳 帝典 四十八 編 詩 讀 書 律 令 洛 紙 四十九

禮樂詩書 典 墳 詩 四十六 圖 籍 編 片 言 隻 字 四十七

四字類

少陵詩 五 車 書 千 里 字 四十二

日讀書 史 四十一 數 詩 書 三 傳 四十二 金 滕 書 玉 牒 史 四十三

三字類

簫 箭 包 四十

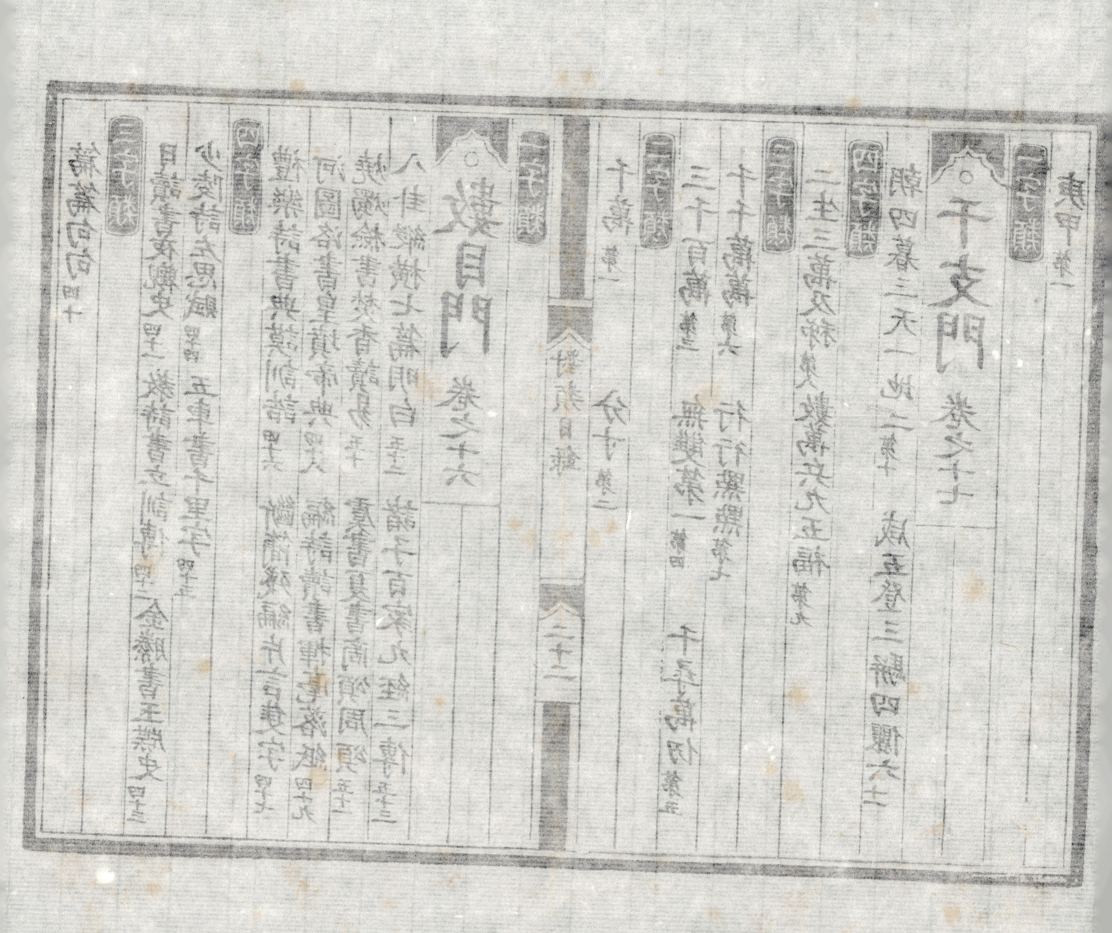

二字類
先庚後甲第二　園丁保甲第三　丁年甲夜第四
丁男甲士第五　申衙乙庫第六　寅鷄亥豕第七
辰炊卯酒第八　申嚴子愛第九　三丁六甲第十
三字類
子午橋甲乙帳十一　李長庚商太甲十二
四字類
辰出酉歸甲可乙否十三　太甲元年先庚三日十四

卦名門　卷之十八

一字類
謙益第一　爻彖第二　剛順第三
占卜第四
二字類
乾坤否泰第五　中孚大觀第六　屯雲解雨第七
乾陽晉晝第八　謙山艮石第九　屯林井木第十
乾龍震馬十一　乾門節户十二　睽弧解矢十三
乾衣革舄十四　隨聲震響十五　離明賁火十六
乾金鼎玉十七　屯膏鼎肉十八　乾君泰后十九
臨民畜衆二十　恒心兑口二十一　乾旋震動二十二
乾剛巽順二十三
三字類
乾為天坤法地二十四　山水蒙地天泰二十五
四字類

坤毋震男乾君巽長 二十六 否極泰來乾旋坤轉 二十七

○通用門 卷之十九

一字類

高遠第一 同異第二 來去第三
如似第四 乎也第五 初乍第六
宜稱第七

二字類

南來北至第八 當今往古第九 皆天特地第十
人間世上十一 中間側畔十二 中心外面十三
其間此外十四 如描似畫十五 渾如恰似十六
渾無僅有十七 休誇浪說十八 偏宜雅稱十九

方驚乍覺二十 應愁可畏二十一 當令罔俾二十二
誰能我信二十三 何遲太早二十四 無加莫妙二十五
無窮有限二十六 更新改舊二十七 須臾次第二十八
俄然偶尔二十九 之乎者也三十 微茫隱約三十一
徘徊眷戀三十二 胚胎漏泄三十三 輕便小巧三十四
亭亭當當三十五

三字類

渺茫中清浅際三十六 意徘徊聲哽咽三十七

○巧對門 卷之二十

二字類至長聯隔句類
○連綿門 ○疊字門 並附各門卷末

對類卷之一

天文門

一字 ○天日第一 與地理門山水互用 實字

平

天元氣輕清爲天高而在上以形體言謂之天以性情言謂之乾以主宰言謂之帝高曰穹浩不可則曰冥
曠渺無根曰空曰虛近天之氣曰霄其色青白曰蒼冥曰碧落乾易乾爲天空太空爲天穹天形高也
霄近天氣也冥天道杳冥陽日爲太陽曦日光暉斜日風莊子大塊噫氣爲風凉者
爲颸從下而上曰颷又爲吹颷風從下上颸涼風星萬物之精上爲列星雲山澤之氣
煙火氣靄也霜露結而成冰水凍霞雲有彩色河圖云赤水之氣上蒸爲霞雷天之號令
陰陽相博而鳴曰雷疾則爲霆霆疾雷坤易坤爲地辰北極居天之中又十二辰日月所次
躔星之躔度杓斗柄霖雨三日以往爲霖潢天河河水之精華上浮爲天河

借對 蟾月精似蝦蟇三足烏日中三足虹陰陽之精雄曰虹雌曰蜺文中子云
二氣成之又音降霓

仄

日太陽火精平聲曰暘曰曦照曉日晚日晷日影曜日月星月太陰之精宿二十八宿
魄月望後生魄斗有南北斗日月五星所經者南斗也所以定月建北斗也斗柄謂之杓
露陰之液也靄雲霧類澤雨曰甘澤霔甘注時雨雨天之澤也陰陽和而爲雨電雷光也陰
陽激曜而爲電霰雨雪雜下曰霰霧冒也地炁發而天不應曰霧吹去聲風也
雹雨氷也陰陽相脅而爲雹洪範五行傳盛陽溫煖陰脅陽不入爲雹雪雨凍而成其花六出
漢天河也平聲曰潢曰河派天河宇天如屋宇 借對 兔月中白兔象星象

○高厚第二 與地理門深淺互用 虛字 死

平

高高而在上層重也長永也久也清潔也疎稀少微細也堅剛也
嚴肅也柔和軟盈滿也低卑近圓團圓遲緩也炎炎赫
驕狂猛也殘餘也虧缺也斜欹斜繁多也深厚也

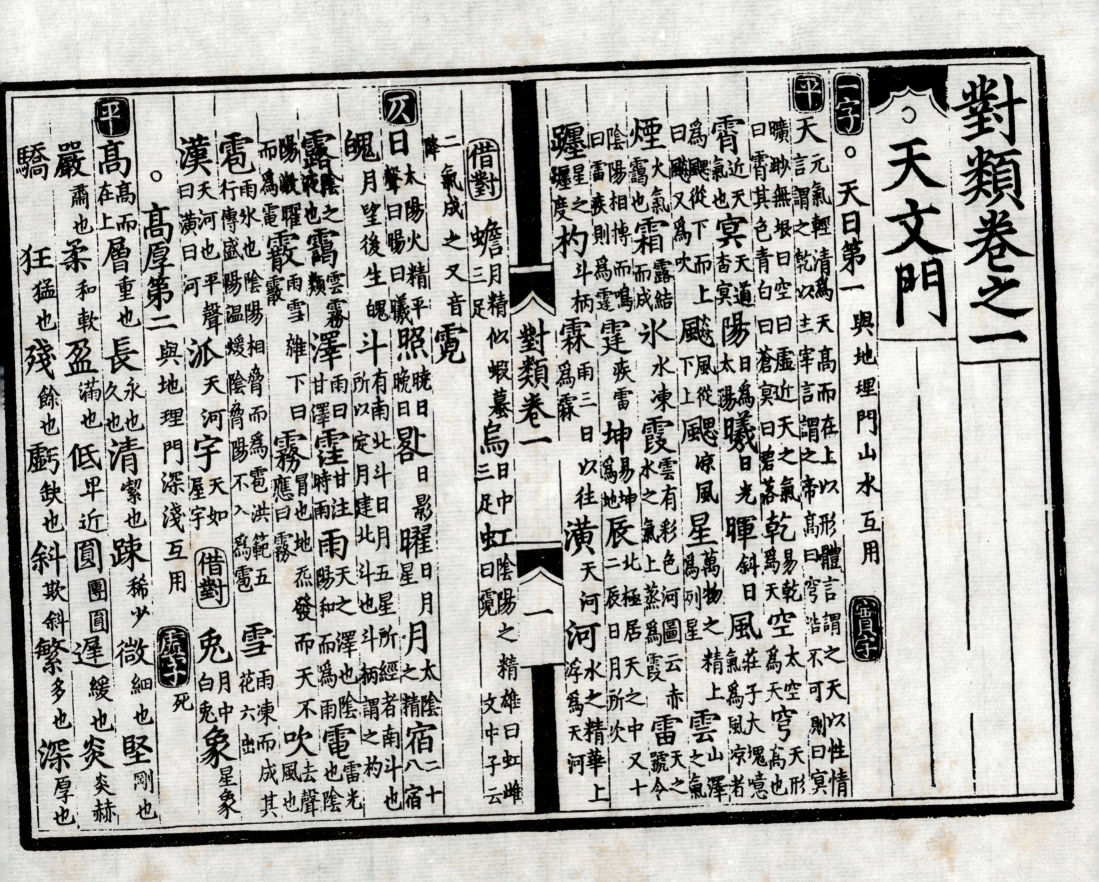

驕　狂猛也　殘餘也　虐　斜　深厚也

嚴肅也　柔和也軟也　盈滿也　低下也平也　圓團也圓也　遲緩也　炎炎也赫也

（平）高在上也　厚重也　長久也永也　清澄也　疎稀也　微細也　堅剛也

○高厚第二　與地理門深淺互用

漢日天河也　河天河也　宇天宇如屋宇　（虛字）兔月中白兔　象星象

雹天行雨水也　霰陰陽相薄　雷天陰陽為雷　（借對）雪雨六出

露　霧　雹　澤　雨　露　電

（仄）日　月　斗　晷　月　宿

（借對）　虹　霓

霆　杓斗柄　霖雨三日以往　潢天潢　河天河

煙　霜　冰　霓　辰北極　圖　雷

霄　冥　颶　星　雲

霄　冥　陽　曦　暉　風　空

（平）天　乾　空　穹

（一字）○天日第一　與地理門山水互用　（實字）

天文門

對類卷之一

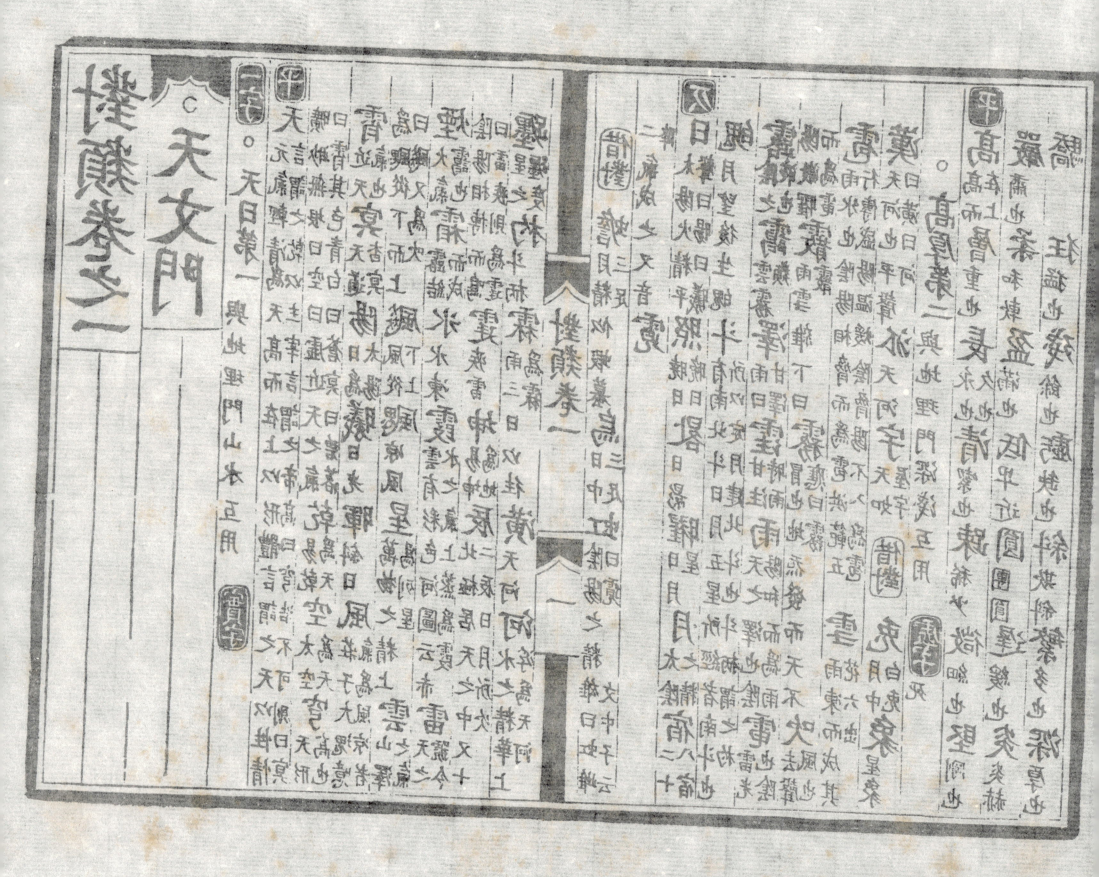

濃盛也淒凉冷薰南風融和煖輝光明晞日乾熒星明
乾竭也遥遠也纖小貌稀疎也多衆多澄淨也新鮮也
蒸雨濕熱明日月爲明昏昏暗輕輕微凝凝頑不散蒙微雨晦冥轟雷大聲
巍高也崇高也洪大也横縱横華華麗姸姸好光明也
仄
厚積也大洪大遠遥也麗明媚皎明潔缺虧也急迅速
緊急也畏可畏喜可喜苦愁厭酷可畏亢旱盛好美麗
震驚也滿盈滿淡薄也爛赤色暗昏暝斷開散凜寒凜
瑩清淨闊廣闊晦暗也昃日西墜燦星明重霜重濕雨露
寥疎寥曠大也膩肥膩勁勁直肅嚴肅快速也軟柔軟
猛狂也響聲亮淨瑩淨潔皎潔小細也霈雨勢大迥遠也
定靜也短日短薄淡薄永長也暴猛也暝日暮將昏烈日烈風猛
久長久亂紛亂滑靜定也驟走疾也邃深邃細細小

迅急也
○吹照第三與地理門流時互用 虛字 活
平
吹風鼓噓物噓吹也飄風回烘日煖騰雲行貌舒雲布貌升日月東生
沉日月西墜溢雨露凝結也籠煙霧籠遮煙雲鋪積鋪驚雷能啓蟄
迷煙霧堆雲積翻風翻藏雲霧遮藏霾煙雲霧霾生發也穿風過
開開散收收歛飛風飛雲飛聯星聯霑雨露潤霑篩林月篩影傾雨勢急
淋雨淋濕濡雨露凋風霜凋草奔走也晞露將消消雪霜融融消融
搖撼也驅馳逐敲雨雪打物催促也披開也移行也從也侵逼迫
蒸薰也沾濕也推挫也欺凌也屯聚也拖曳也回轉也
浮氣升隨從也流星流零雨下垂雨下
仄
照日月照也曬日能乾物曝上同覆天覆于上蓋天蓋高震動貌擊雷怒
吼雷聲怒掣電過速沒日月落灑雨雪灑掃風勢急擺風搖動墜日月没

憧篆卷一

映兩光相照 拂風雨披拂 潤雨露潤物 沐雨沐 濺雨濺 滴雨點 洗雨洗物也

浥雨露滋浥 布雲行 降雨下霜墜 結霜凍 捲風掃 射日月光 入光透過

落自上降下 罩煙雲罩障 透月透窓紗 散風以散之 積雪堆積 上升也 出日月初上

集聚也 扇搧也 撼風撼 攪風攪 綴點綴 浸浸漬 濯洗濯

舞飛也 度過度 過度也 送送來 歛收歛 起飛起 吐露出

載承載 引牽引 運動也 釀醞釀 漬潤濕 戞擊也 障遮障

泮散也 奮發也 閃閃過 壓雪壓 動風吹動 偃風偃草 遞遞送

折折斷 剪風霜剪 裊長也 繞煙霧雲繞 合雲煙合也 袞雲霧袞 掛月掛

下雨露 聚集也 作雨雪 爍日月爍 轉轉動 拱眾星拱北 走烏飛兎走

鎖雲煙鎖蔽 泣雨露沾物

。聲色第四

平

聲風雷雨音 光輝耀 威勢可畏 華日月光 音風雷雨聲 文天象 容天色

半實

仄

色顏色 彩霞彩 片雲片雪片 氣陰陽二氣 暈日月重暈 影光之形迹 力健而不息

二字

。乾坤日月第五與地理門山林水石互用

並實

平

乾坤乾天也坤地也 陰陽 虛空天曰太虛太空 雲霄 煙霄 風雲

風霆 雲煙 風煙 風霜 冰霜 星霜 星辰 雷風

參商二星相背而出 風雷 雲雷 雷霆 雲霞 煙霞 雲霓

虹霓 星蟾 煙霾 煙埃 煙雲 雲天 星河 虛危

奎婁

上仄

斗牛 女牛 斗箕並星 日星記天秉陽垂日星 月星選月明星稀

雪霜 雨暘 水天

仄

日月 雪月 雨露 雨雪 雪霰 雨霰 造化 造物

宇宙四方上下曰宇往古來今曰宙 月露隋李諤上書連篇累牘不出月露之形 霧露

霧靄 翼軫選星分翼軫 雨雹 彗孛星 晷度

【上平】穹昊天 天日 星月 雲月 霜月 風月 風雨 風露
風日 風雪 霜雪 冰雪 霜露 雲雨 霖雨 煙雨
雷雨 雷電 煙霧 煙靄 雲霧 雲靄 天漢 河漢
雲漢 霄漢 星漢 星斗 牛女 七夕牛女星相會 牛斗 辰宿
奎壁 二星主文章 星宿 星象 箕畢 箕星好風畢星好雨 箕翼 國壽如箕翼
天度 躔度 霏霧 霄壤 穹壤 雷雹 霜雹 冰雹

。風濤雨水第六 與前類互用又與地理門雲山雪嶺互用 【並實】

【平】風濤 風波 風塵 風沙 此與江山水石字不同蓋兩字一義所謂風中之濤雪中之浪放此 風埃
天淵 天山 雲山 雲濤 雲泥 煙塵 杜錦里煙塵外 煙波
塵埃
【上仄】雪濤 斗山
【仄】雨水 雨澤 雪浪 雪水 露水

【上平】天地 天壤 天水 風水 煙水 雲水 杜穫稻空雲水 煙浪
風浪 雲浪 霖潦

。霜天雪月第七 與時令門霜晨雪夜互用 【並實】

【平】霜天 霜空 霜風 天風 天河 雲天 冰天 星河
煙霄 霜蟾
【上仄】雪天 雨天 月天 雪風
【下仄】雪月 露月
【上平】霜月 雲月 煙月

。長天永日第八 與地理門高山遠水互用 【上虛】死 【下實】

【平】長天 高天 遙天 遼天 先天 旻天 長空 高空
澄空 遙空 層空 高穹 圓穹 層穹 清霄 澄霄
層霄 浮雲 閑雲 纖雲 殘雲 濃雲 輕雲 凝雲

留雲 浮雲 閑雲 纖雲 殘雲 濃雲 輕雲 濃雲
澄空 遙空 層空 高空 圓空 層空 清霄 澄霄
【平】長天 高天 遙天 遼天 先天 昊天 長空 高空
○長天永日第八（與地理門高山遠水互用）【仄】兒【實】
【上】霜月 雲月 煙月
【去】雲月 露月
【仄】雲天 雨天 月天 雲風
煙霄 霜露
【平】霜天 霜空 霜風 天風 天河 雲天 冰天 星河
○霜天雲月第七（與時令門霜露雲霞互用）【實】
風浪 雲浪 霧滌
【上】天地 天壤 天水 風水 煙水 雲水（空社 雲鎖 水籍）煙浪

【入】雨水 雨澤 雲浪 雲木 露木
【去】雲濤 斗山
塵埃
天淵 天山 雲山 雲泥 煙塵（塵社 錦里 塵此）煙波
【平】風濤 風波 風塵 風沙（蕭所與可清風中之 衛子云中之 凉次 不同 盡雨 少）風埃
○風濤雨水第六（與門 書山 雲山 互用 又與地理）【實】
天度 躔度 雲露 霄漢 宵漢 雷雹 霜雹 冰雹
奎璧（文章二星主）星宿 星象 箕畢（箕星好風 畢星好雨）箕翼（箕翼圖書）
雲漢 霄漢 星漢 星斗 牛女（牛女七夕會）牛斗 辰宿
雷雨 雷電 煙露 煙霧 雲露 雲露 天漢 河漢
風日 風雲 霜雪 冰雪 霜露 雲雨 霧雨 煙雨
【平】昊天（入）天日 星月 雲月 霜月 風月 風雨 風露

頑雲　凝雲　孤雲　微雲　同雲（雪天同雲）　光風　柔風
和風　輕風　融風　溫風（春）　薰風　微風（夏）　高風　清風
淒風　悲風（秋）　嚴風　狂風（冬）　長風　斜風　踈風　淳風
餘風　遺風　流風　鮮飈（掃室延鮮飈）　清飈　柔飈　輕飈
高飈　狂飈　鳴飈　微飈　斜飈　新飈　初陽　微陽
驕陽（夏日）　斜陽　殘陽　斜暉　餘暉　殘暉　新蟾　明蟾
清蟾　孤蟾　殘蟾　踈星　明星　繁星　稀星　殘星
孤星　明河　清河　明霞　輕霞　鮮霞　飛霞　殘霞
餘霞　高霞　新煙　濃煙　輕煙　長煙　斜煙　踈煙
橫煙　殘煙　餘煙　孤煙　新霜　清霜　繁霜（詩正月繁霜）
濃霜　輕霜　嚴霜　微霜　堅氷　清氷　層氷　輕氷
長虹　殘虹　新虹　新雷　輕雷　轟雷　狂雷　轟霆
前星　中星

上仄

昊天　遠天　後天　上天　好天　遠空　太空　太虛
太清（並天）　太陽　亢陽　少陽　衆陽　淡雲　亂雲　密雲
薄雲　宿雲（杜宿雲寒不捲）　惠風（春）　好風　快風　便風　大風
猛風　反風　順風　烈風　古風　凱風　疾風　暴風
薄霜　肅霜　凜霜　早霜　烈霜　薄氷　厚氷　積氷
迅雷　疾雷　洊雷　薄煙　淡煙　淡霞　爛霞　列星
小星　衆星　赫曦（夏日）　淡虹

仄

永日　酷日　赫日　畏日（夏）　麗日（春）　皜日（秋）　愛日（冬）　皎日
杲日　烈日　淡日　短日　遠日　好日　化日　皎月
皓月　好月　淡月　缺月　小雨　好雨　細雨　密雨
猛雨　驟雨　暴雨　大雨　久雨　急雨　宿雨　苦雨

猛雨　驟雨　暴雨　大雨　久雨　急雨　宿雨　苦雨
皓月　好月　淡月　缺月　小雨　好雨　細雨　密雨
杲日　烈日　淡日　短日　遠日　好日　化日　皎月
〔仄〕永日　酷日　赫日　畏日夏　麗日春　暄日秋　愛日冬　皎日
小星　衆星　赫曦日夏　淡虹
迅雷　疾雷　浮雷　薄虹　淡煙　淡霞　斷霞　列星
薄霜　肅霜　凜霜　早霜　烈霜　薄冰　厚冰　積冰
猛風　反風　順風　烈風　古風　凱風　疾風　暴風
薄雲　宿雲東坡不宿雲　惠風春　好風　快風　便風　大風
太清天道　太陽　元陽　少陽　衆陽　淡雲　亂雲　密雲
〔平〕昊天　遠天　淡天　上天　好天　遠空　太空　太虛
前星　中星

長虹　殘虹　新虹　新雷　輕雷　轟雷　狂雷　轟霆
濃霜　輕霜　嚴霜　微霜　堅冰　清冰　層冰　輕冰
黃煙　殘煙　餘煙　孤煙　新霜　清霜　繁霜詩正月繁霜
餘霞　高霞　新煙　濃煙　輕煙　長煙　斜煙　寒煙
孤星　明河　清河　明霞　輕霞　新霞　飛霞　殘霞
清蟾　孤蟾　殘蟾　疏星　明星　繁星　稀星　殘星
驕陽日夏　斜陽　殘陽　斜暉　餘暉　殘暉　新蟾　明蟾
高飆　狂飆　驚飆　微飆　斜飆　新飆　初陽　微陽
餘風　遺風　流風　旋飆韓詩旋室延　清飆　寒飆　輕飆
凄風　悲風秋　嚴風　狂風冬　長風　斜風　涼風　淳風
和風　輕風　融風　溫風春　薰風　微風夏　高風　清風
頑雲　殘雲　冰雲　微雲　同雲雪天雲同　光風　條風

大雪 密雪 急雪 積雪 厚雪 小雪 薄雪 密霰
小霰 亂霰 湛露 重露 薄露 宿露 宿靄 淡靄
媚靄 密靄 薄靄 宿霧 薄霧 遠漢 列宿 急吹
返照（御覽日西落光返照於東謂之返照） 急電 迅電 震電 大雹 響雹
大造 妙造

上平 遲日（春） 初日 斜日 殘日 斜照 餘照 殘照 新月
明月 圓月 初月 纖月 彎月 斜月 殘月 微月
華月 孤月 佳月 微雨 纖雨 斜雨 踈雨 淫雨
零雨 輕霰 微霰 輕雪 微雪 深雪 殘雪 高雪
初雪 清露 溥露 殘露 微露 輕露 濃露 殘霧
香霧 濃霧 輕霧 斜霧 輕靄 微靄 濃靄 餘靄
殘靄 高漢 清漢 澄漢 層漢 遥漢 驚電 狂電

驚雹 輕吹 清吹 微吹 斜吹 洪䨱 。

天高日遠第九（與地理門山高水遠通用）

上實 下虛 死

平 天高 天長 天清 天澄 天低 天明 天虛（選 天虛風物清）
天圓 風斜 風高 風狂 風輕 風微 風清 風淒
風嚴 風薰 霜輕 霜濃 霜清 霜嚴 霜淒 星明
星踈 星稀 星低 雲深 雲濃 雲低 雲踈 雲長
雲閑 雲同 雲孤 雲輕 雲高 雲平 煙濃 煙深
煙斜 煙長 煙低 煙微 煙輕 煙明 氷清 氷堅
氷明 虹長 虹殘 霞明 霞輕 空高 空澄 空明
河橫 蟾明 蟾孤 參橫

上仄 日遲 日融 日和（春） 日炎 日長（夏） 日高 日中 日低
日明 日斜 日曛 日昏 月明 月圓 月清 月盈

日明　日斜　日曛　日昏　月明　月圓　月清　月盈

（去）日遲　日融　日和春　日炎夏　日高　日中　日低

河橫　蟾明　蟾斜　參橫

冰明　虹長　虹殘　霞紅　空高　空澄　空明

煙斜　煙長　煙低　煙微　煙輕　煙明　冰清　冰堅

雲閑　雲同　雲收　雲輕　雲高　雲平　煙濃　煙深

星疎　星稀　星低　雲深　雲濃　雲低　雲疎　雲寒

風嚴　風蕭　霜輕　霜濃　霜清　霜嚴　霜凄　星明

天圓　風斜　風高　風狂　風輕　風微　風清　風凄

（平）天高　天長　天清　天澄　天低　天明　天遲　風吹晴遲天青

。天高日遠第九　又與地理門山高水通用

驚雷　輕吹　清吹　微吹　斜吹　洪賁

殘雷　高漢　清漢　澄漢　昏漢　遥漢　驚雷　狂雷

含霧　濃霧　輕霧　斜霧　輕雷　微雷　濃雷　餘雷

初雲　清露　薄露　殘露　微露　輕露　濃露　殘露

零雨　輕霞　微霞　輕雲　微雲　深雲　殘雲　高雲

華月　新月　佳月　微雨　纖雨　斜雨　疎雨　淫雨

明月　圓月　初月　纖月　蟾月　斜月　殘月　微月

（去）遲日春　初日　斜日　殘日　斜照　餘照　殘照　新月

大造　涉造

返照日西落光返照於東謂之返照　急雷　迅雷　震雷　大雷　響雷

晴靄　宿靄　薄靄　宿霧　薄霧　濃霧　列宿　急吹

小霰　亂霰　甚霧　重露　薄露　宿露　宿靄　殘靄

大雪　密雪　急雪　積雪　厚雪　小雪　薄雪　密霰

月虧 月高 月低 月斜 月昏 月殘 月團 露零
露清 露溥 露明 露濃 露晞 露乾 露多 露輕
霧濃 霧輕 霧昏 霧橫 雪深 雪輕 雪多 雪明
雪高 雪殘 雨斜 雨深 雨微 雨疎 雨多 電明
斗低 漢高 霰多

仄 日遠 日近 日永 日短 日曬 日正 日酷 日昃
日靜 日赫 日杲 日烈 日皎 月皎 月淡 月好
月潔 月朗 月亮 月缺 月滿 月暗 月小 月瑩
月瘦 雨好 雨細 雨密 雨急 雨暗 雨小 雨久
雨驟 雨暴 雨瞑 霧重 霧薄 霧淡 霧暗 露湛
霧密杜雲霧密難開 露重 露密 露細 露瑩 雪厚 雪皎
雪密 雪大 雪小 雪細 雪積 霰小 霰密 霰亂

上平 天闊 天遠 天大 天近 天迥 天淡 天暗 天亮
天淨 天瞑 空闊 空遠 風細 風快 風便 風急
風勁 風軟 風定 風暴 風疾 風猛 風靜 風緊
風凜 風淡 風壯 風峭 雲淡 雲淨 雲靜 雲細
雲暗 雲薄 雲黯 雲密 雲定 雲亂 雲翳 雲瞑
霜凜 霜重 霜肅 霜薄 霜烈 霜皎 霜厚 霜潔
冰厚 冰薄 冰淨 冰凜 冰積 冰壯 冰潔 煙細
煙淡 煙瞑 煙薄杜野潤煙光薄 星碎 星爛 星亮 星燦
星暗 星淡 虹斷 霞斷 霞爛 蟾皎

○風吹日照第十

上實 下虛 活

平 風吹 風飄 風搖 風敲 風揚 風驅 風馳 風傳
風收 風凋 風穿 風侵 風摧 風翻 風從 風掀

風收　風凋　風寒　風浸　風摧　風蕭　風從　風收
風吹　風飄　風搖　風殺　風揚　風高　風急　風傳
○風吹日照帶十
星晴　星淡近　霽斷　霞斷　霞爛　霞紋
煙淡　煙暝　煙薄　煙林光野潮闊　星萃　星爛　星亮　星深
冰寒　冰薄　冰淨　冰凜　冰積　冰壯　冰聚　冰泮
霜凜　霜重　霜清　霜薄　霜冽　霜皎　霜厚　霜繁
雲晴　雲薄　雲黯　雲落　雲定　雲亂　雲影　雲暝
風凜　風淡　風壯　風悄　雲淡　雲淨　雲靜　雲細
風勁　風軟　風定　風暴　風疾　風猛　風靜　風勢
天淨　天暝　空闊　空遠　風細　風快　風便　風急
天闊　天遠　天大　天近　天迥　天淡　天暗　天亮

雲密　雲大　雲小　雲細　雲積　霰小　霰密　霰亂
露密窗藉關林雲霧　露重　露密　露細　露瑩　雲厚　雲皎
雨驟　雨暴　雨暝　霧重　霧薄　霧淡　霧暗　霧甚
月瘦　雨好　雨細　雨密　雨急　雨暗　雨小　雨大
月潔　月朗　月亮　月缺　月滿　月暗　月小　月瑩
日靜　日赫　日杲　日烈　日皎　月皎　月淡　月好
日遠　日近　日永　日短　日暴　日正　日晤　日昃
斗低　漢高　霄多
雲高　雲殘　雨斜　雨深　雨微　雨疎　雨多　雷鳴
霧濃　霧輕　霧昏　霧橫　雲深　雲輕　雲多　雲明
露清　露薄　露明　露濃　露晞　露乾　露多　露輕
月移　月高　月低　月斜　月昏　月沒　月圓　露零

風欺 雲從 雲披 雲驅 雲騰 雲興 雲臨 雲籠
雲埋 雲藏 雲迷 雲遮 雲栖 雲來 煙含 煙舒
煙橫 煙拖 煙迷 煙埋 煙藏 煙籠 煙遮 煙生
煙滋 煙收 星連 星浮 星沉 星飛 星分 星羅
星移 蟾生 蟾升 霜飄 霜橫 霜凋 霜埋霜埋翠竹根
霜欺 霜封 霞飛 霞鋪 霞消 霞蒸 虹消 虹流
雷驅 雷同 雷驚 霆驅 天開 天垂 天生 天旋
烏沉 烏流 烏升
上入 日移 日穿 日烘 日篩 日臨 日侵 日籠 月篩
月移 月穿 月窺 月橫 月籠 露垂 露零 露浮
露滋 露濡 露沾 露栖 露飄 露消 霧垂 霧迷
霧埋 霧藏 霧遮 霧籠 霧披 霧舒 霧滋 雨跳
雨敲 雨飄 雨滋 雨沾 雨翻 雨穿 雪翻 雪封
雪迷 雪埋 雪藏 雪飄 雪凝 雪敲 霰敲 電驅
電流 電馳 靄收 靄橫 靄舒 靄迷 漢橫
入 日照 日映 日曬 日射 日過 日透 日運 日爍
日爆 月射 月照 月映 月浸 月印 月掛 月蘸
月透 月沒 月漲 月滿 月向 雨洗 雨洒 雨滴
雨濕 雨濺 雨潤 雨打 雨沐 雨漬 雨壓 雨浥
雨至 雨送 雨綴 露綴 露降 露洒 露滴 露洗
露浥 露漬 露逼 露入 露透 露沐 霧鎖 霧掩
霧罩 霧隱 霧合 霧塞 霧溺 霧障 雪降 雪作
雪落 雪墜 雪裹 雪擁 雪積 雪滿 雪壓 雪散
雪映 斗掛 斗指 斗覆 雹擊 雹爍 雹響

雲映 斗掛 斗指 斗實 雷奔 雷樂 雷響
雲落 雲墜 雲聚 雲擁 雲積 雲滿 雲壓 雲散
霧草 霧隱 霧合 霧漠 霧消 霧障 雲降 雲作
露浥 露漬 露逼 露入 露透 露沐 露鑠 霧捲
雨至 雨送 雨滋 露灑 露降 露洒 露滴 露落
雨濕 雨濺 雨潤 雨打 雨沐 雨漬 雨壓 雨浥
月透 月沒 月樂 月滿 月向 雨洗 雨洒 雨滴
日曝 月射 月照 月映 月浸 月印 月掛 月轉
六 日照 日映 日曬 日射 日過 日透 日運 日躔
雷流 雷驅 雷收 雷橫 雷舒 雷迷 漢橫
雲迷 雲埋 雲撒 雲飄 雲凝 雲鼓 霽鼓 雷驅
雨敲 雨飄 雨滋 雨沾 雨翻 雨浮 雲翻 雲封

對類卷一　八

霧埋 霧撒 霧遮 霧籠 霧放 霧舒 霧滋 雨跳
露滋 露濡 露沾 露栖 露飄 露消 霧垂 霧迷
月落 月穿 月窺 月橫 月籠 露垂 露零 露浮
七 日落 日穿 日烘 日歸 日照 日侵 日籠 月臨
鳥沉 鳥流 鳥升
雷驅 雷同 雷驚 雲驅 天開 天垂 天生 天旋
霜期 霜封 霞飛 霞鋪 霞消 霞蒸 虹消 虹流
星移 雪生 雪升 霜飄 霜橫 霜凋 霜埋 竹霜梅埋萃
煙滋 煙收 星連 星浮 星沉 星飛 星分 星羅
煙橫 煙拖 煙迷 煙埋 煙撒 煙籠 煙連 煙生
雲埋 雲撒 雲迷 雲遮 雲栖 雲來 煙含 煙舒
風收 雲從 雲放 雲歸 雲騰 雲興 雲臨 雲籠

【平】風入　風至　風拂　風捲　風戞　風撼　風掃　風送
風迹　風剪　風擺　風引　風透　風射　風約（風約半池萍）
風攪　風扇　風偃　風沉　風舞　風裊　風扶　風折
霜傅　霜倒（霜倒半池蓮）　煙拂　煙草　煙抹　煙染　煙鎖
煙起　雲起　雲溺　雲掩　雲鎖　雲擁　雲罩　雲聳
雲破　雲蔽　星現　星隱　星綴　星醮　雷響　雷擊
雷送　天蓋　虹截　霞散　蟾照

○雲行雨施第十一　與風吹日照互用　【上實】【下虛】活

【平】雲行　雲垂　雲屯　雲來　雲浮　雲飛　雲舒　雲升
雲生（杜雲生舍北泥）　雲敷　雲翔　雲連　雲奔　雲蒸　雲開
雲歸　雲橫　風生　風回　風飛　風來　風行　霜飛
霜消　霜融　霜凝　霜鋪　霜堆　星移　星流　星橫
星垂　星回　杓橫　杓移　煙開　煙收　煙銷　煙浮
煙飛　霞舒　雷奔　雷轟　雷鳴　虹垂　虹舒　虹銷
虹收　冰凝　冰融　冰消　冰生

【仄】日升　日沉　日來　日行　月升　月行　月沉　月來
月生　雨飛　雨來　雨垂　雨收　雨傾　雨零　露瀼
露凝　露收　霧收　霧開　雪飛　雪堆　雪鋪　雪融
雪消　霰飛　霰跳　霰消　斗橫　斗移　斗回　電飛
雹飛　靄飛　霧飛　雹奔　雪回

【仄】雨施　雨集　雨過　雨降　雨下　雨歇　日出　日上
日轉　日落　日入　日沒　日墜　月出　月上　月轉
月落　月過　月吐　月墜　月到　露下　露濕　露結
露合　霧溺　露滴　霧集　霧合　霧卷　霧散　霧斂

露合 霧滴 露濕 霧集 霧合 霧卷 霧散 霧斂
月落 月過 月止 月墜 月到 露下 露濕 露浥
日轉 日落 日入 日沒 日墜 月出 月上 月轉
雨施 雨集 雨過 雨降 雨下 雨歇 日出 日上
電飛 霜流 霧飛 雷奔 雷回
雪消 霰流 霰飛 霞消 斗橫 斗移 斗回 雷飛
霧凝 露收 霧收 霧開 雲飛 雲推 雲鋪 雷轟
月生 雨飛 雨來 雨垂 雨收 雨傾 雨零 露瀼
日升 日沉 日來 日行 月升 月行 月沉 月來
虹收 冰凝 冰融 冰消 冰生
煙飛 霞舒 雷奔 雷轟 雷鳴 虹垂 虹舒 虹銷
星垂 星回 杓橫 杓移 煙開 煙收 煙銷 煙浮

霜消 霜融 霜凝 霜鋪 霜推 星移 星流 星橫
雲歸 雲横 風生 風回 風飛 風來 風行 霜飛
雲生 （合林對雲泥生） 雲藏 雲鎖 雲連 雲奔 雲蒸 雲開
雲行 雲垂 雲屯 雲來 雲浮 雲飛 雲舒 雲升
雲行雨施第十一 與風火日照通用
○
雷送 天蓋 虹截 霞散 霞照
雲斂 雲發 星現 星隱 星綴 星爛 雷響 雷聲
煙起 雲起 雲溢 雲擁 雲鎖 雲攏 雲罩 雲聳
霜傳 霜凋 （比霜嚴寒半） 煙拂 煙草 煙林 煙深 煙鎖
風鬱 風高 風偃 風沉 風舞 風息 風扶 風折
風速 風剪 風攬 風引 風遠 風射 風約 （比風韻約半）
風入 風至 風拂 風捲 風高 風撼 風掃 風送

霧掃 霰集 霰洒 雪洒 雪下 雪舞 電閃 電走
電掃 斗轉 斗建
【上平】風動 風起 風過 風度 雲散 雲卷 雲覆 雲歛
雲出 雲合 雲布 雲過 雲破 雲斷 雲集 雲繞
雲去 雷動 雷震 雷發 雷奪 雷吼 霆發 星聚
星散 星布 星殞 星沒 星列 煙斷 煙捲 煙散
煙歛 煙繞 煙褭 霜落 霜隕 霜降 霜結 氷沍
氷釋 氷解 氷合 氷泮 天轉 天漏（言雨多也）

○行雲落日第十二（與長天永日互用）【上虛】活【下實】

【平】行雲 屯雲 飛雲 歸雲 流星 飛星 飛霜 飄霜
轟雷 奔雷 飛雷 回風 飄風 生風 回颷 飛煙
浮煙 垂虹

【上仄】震雷 震霆 落霞 斷霞 過風 反風 過雲 斷雲
斷虹 斷煙 起煙 隕霜 落星 聚星 隕星 落暉
漏天
【仄】落日 出日 落照 落月 舞雪 下雪 雨雪 落雪
落雨 降雨 下雨 積雨 歇雨 過雨 閃電 掣電
過電 雨雹 落雹 下霧
【上平】回雪 飛雪 飛霰 飛電 奔電 飛雨 瀼露 零露
飛霧 飛雹 飛靄

○爲霜作雪第十三（與隨風送雨互用）【上虛】活【下實】

【平】爲霜 成霜 凝霜（並露）融霜 消氷（並日）凝氷 成氷（並水）收雲
收煙 催霜（並風）爲霖（雨三日爲霖） 開雲 興雲（並風）爲雲 生雲
成雲 生風 生煙 成煙 穿雲 流空 澄空（並月）磨空

吹雲　生風　生煙　吹煙　穿雲　流空　遊空（三五）　霽空
收煙　催霜（風五）　爲霖（雨三日爲霖）　開雲　興雲（風五）　爲雲　生雲
〔平〕爲霜　成霜　凝霜（露結爲霜）　消冰（日五）　凝冰　成冰（水五）　收雲
、爲霜　作雲第十三（與隨風逐雨互用）〔上虛〕〔下實〕
飛霙　飛雹　飛霜
〔上平〕回雲　飛雲　飛霰　飛電　奔雷　飛雨　兼露　零露
過雷　雨雹　落雹　下露
落雨　降雨　下雨　積雨　驟雨　過雨　閃電　轟雷
〔仄〕落日　出日　落照　落月　舞雲　下雲　雨雲　落雲
漏天
斷虹　斷煙　收煙　隕霜　落星　聚星　隕星　落暉
〔上仄〕霹雷　霹靂　落霞　斷霞　過風　反風　過雲　斷雲

浮煙　垂虹
轟雷　奔雷　飛雷　回風　飄風　生風　回飈　飛煙
〔平〕行雲　出雲　飛雲　歸雲　流星　飛星　飛霜　飄霜
。行雲落日第十二（與天河日星互用）〔上虛〕〔下實〕
冰釋　冰解　冰合　冰泮　天轉　天漏（言雨多也）　冰泫
煙斂　冰綻　冰凌　霜落　霜隕　霜降　霜結　冰散
星散　星布　星隕　星沒　星列　煙斷　煙撥　煙散
雲去　雷動　雷震　雷發　雷奪　雷亂　霆發　星發
雲出　雲合　雲布　雲過　雲收　雲斷　雲集　雲凝
〔仄〕風動　風收　風過　風度　雲散　雲卷　雲覆　雲斂
電掃　斗轉　斗運
露掃　露集　露散　雪洒　雪下　雪舞　電閃　電走

迷空 漫空 埋空（雲雨） 撳空 翻空 涵空 零空 粘天

浮天 連天 流天（月） 迷天（雲霧） 歸雲 飛煙 爲氷

生氷

【上仄】結霜 結氷（水） 起雲 挾霜 作霜（並風） 帶霜 起風 作霖

化霖（驕陽化爲霖） 上天 麗天（日月） 拍天 接天（並水） 震天（雷） 致雲

滿天（雪） 出雲（山川） 散霞 震空（雷）

【仄】作雪 辦雪 釀雪（雨） 作雨 釀雨 致雨 挾雨（並雲） 閣雨

歇雨 隔雨 約雨（風） 礙日 礙月 夾日 吐月 鏤月

掩月 蔽日 翳日（並雲） 漾月（水） 映月 印水 蘸水

【上平】催雪 成雪 吹雪 回雪 催雨 收雨（並風） 爲雨 催雨

休雨（並雲） 多雨 成雨 沾雨 擘雨 驅雨（電） 驅電（風雷） 擘月

籠月 埋月 藏月 銜月 篩月 遮日（並雲） 迎日（霞） 消雪

晞露（並日） 明露（月）

○ 隨風送雨第十四 與前類互用

【平】隨風（雲雨雪） 燒空（日） 張空（雲） 當空 緣空 升空 穿空 【上虛 活 下實】

飛空（並日） 燒空（夏日） 梳雲（半月） 吹霞 吹煙（風） 因風 垂天（並雪）

當天（日月）

【上仄】舞風 衮風（並雪） 逐風 護霜 蔽天 譪空（並雲） 捲雲（風） 麗天

駕天（虹）

【仄】送雨（雷送千山雨） 遞雨 捲霧 舞雪 衮雪（並風） 漏月 蔽月

護月 放月（並雲） 妒月（西風妒秋月浮雲重疊生） 夾月 貫日（虹） 出霧

冠日 蔽日 帶雨（瞑雲長帶雨） 截雨

【上平】飄雪 吹雨（並風） 衝霧 消霧（並日） 遮月（雲） 驅雨（雷） 【上半虛 下實】

○ 祥雲瑞日第十五

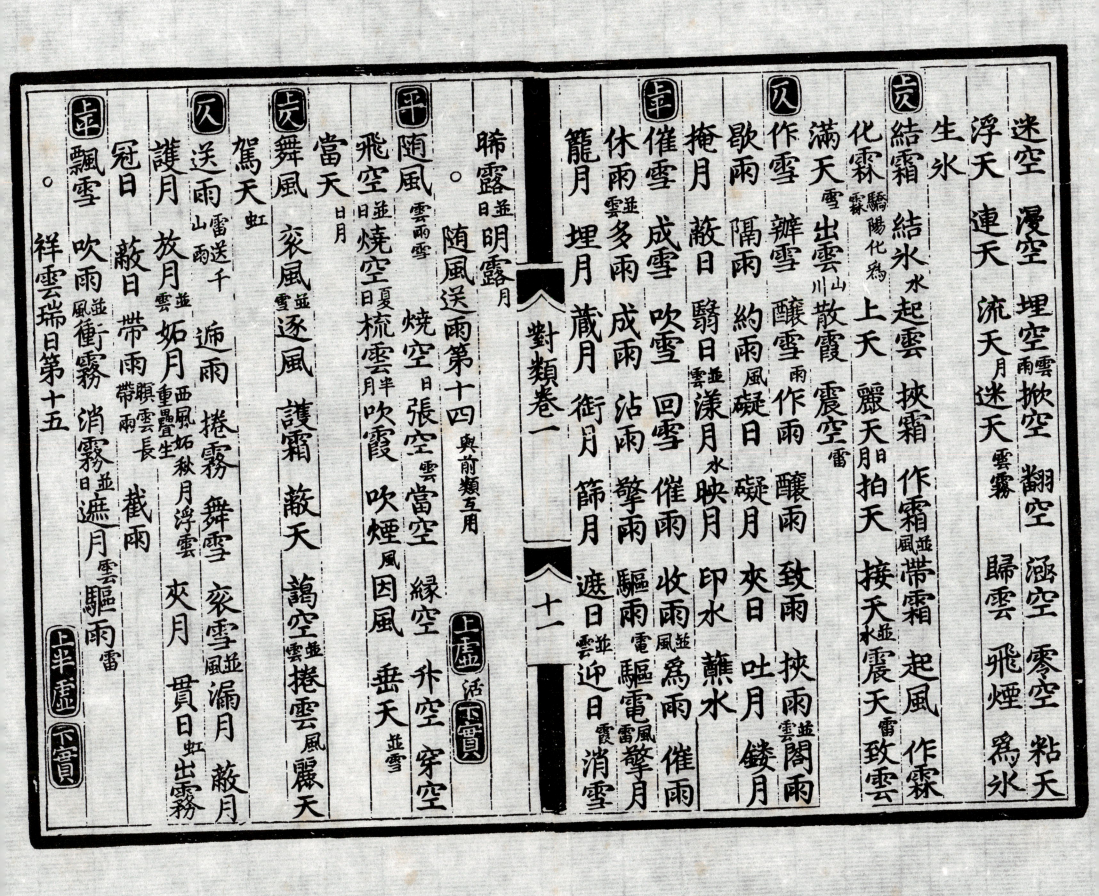

《儷藻卷一》

十一

平 祥雲 祥煙 祥風（聖德頌恩從祥風翔） 仁風 香風 休風

雄風（大王之雄風也） 英風 光風 膏霖 甘霖 靈河 純陽

愆陽 魁躔 魁杓 魁星 靈星 妖星 妖氛（妖異之氛）

祥飈 祥氛 鈞天

上仄 慶雲 景雲 瑞雲 瑞星 福星 景星（大星也形如半月） 壽星

瑞雷 瑞煙 瑞氛 卿雲（卿去聲喜氣也）

仄 瑞日（日有五色） 化日（化國之日舒以長） 瑞雪（謝靈運賦盈尺則瑞於豐年） 瑞氣

瑞雨 協氣（和也） 厲氣 化雨 殺氣 正氣 淑氣 瑞靄

瑞露（甘露）

上平 甘雨 甘澤 膏澤 膏露 甘露 華日 華月 佳氣

和氣 乖氣 沖氣 妖氣 元氣 邪氣 元造 元化

洪造 靈曜（日月也）

天綱日紀第十六 上實 下半實

平 天綱 星綱 星經 天經 陽經 陰經 天繩 天機

天樞

上仄 斗綱 日綱 月綱

仄 日紀 月紀 象紀

上平 天紀 星紀 雲紀

天常帝則第十七 上實 下半實

平 天常 天文 天真 天機 陽和

仄 帝則 日用 日計 日力 月令 火德 火禁 火祚

上平 天德 天理 天令 天數 天序 天運 陰令 陽令

陽德

天邉日下第十八（與地理門山前水上互用） 上實 下虛

平 天邊 天涯 天中 空中 雲中 雲間 雲邊 雲端
風前 風中 煙中 霜中 霜前 霜間 霜餘 塵中
上去 日邊 日中 日間 月中 月邊 月間 雪中 雪前
雪邊 雪間 雨中 雨前 雨餘 霧中 霧間 露中
入 日下 日裏 日際 日外 日畔 月下 月裏 月畔
月底（周詞花前月底） 月際 露下 露裏 雨裏 雨後 雨外
雪裏 雪後 雪上 雪外 雪畔 雪際 雪內 霧裏
漢外
上平 天際（天際秋雲薄） 天外 天畔 天上 天下 天杪 天表
天末 雲裏 雲外 雲上 雲畔 雲表 雲際 空裏
空外 塵裏 塵外 煙裏 煙外 煙際 星畔 風裏
風外 霞畔 霜裏 霜外 霜後

初霜乍雨第十九 上虛 死 下實

平 初霜 將霜 將雲 將雷 初雷
上入 未霜 欲霜 始霜 乍霜 始氷（記月令水始氷） 欲氷 欲雷
未雷 始雷 漸雲 欲晴 乍晴 未晴
入 乍雨 欲雨 久雨 又雨 欲雪 未雪 已雪 又雪
乍雪
上平 將雨 初雨 初月 將雪 初雪

無雲有月第二十（與前類互用） 上虛 死 下實

平 無雲（萬里無雲天一色） 無風 無河（雲掩天無河） 無雷（杜上蒼久無雷） 多風
無氷 冬無氷 無煙（店舍無煙宮樹綠） 無霜
上入 有風 得風 得霜 有霜 有雲 有氷 不晴 少晴
入 有月（李詩青天有月來幾時） 有雨 不雨（公羊自正月不雨至七月） 絕雨 少雨 闕雨

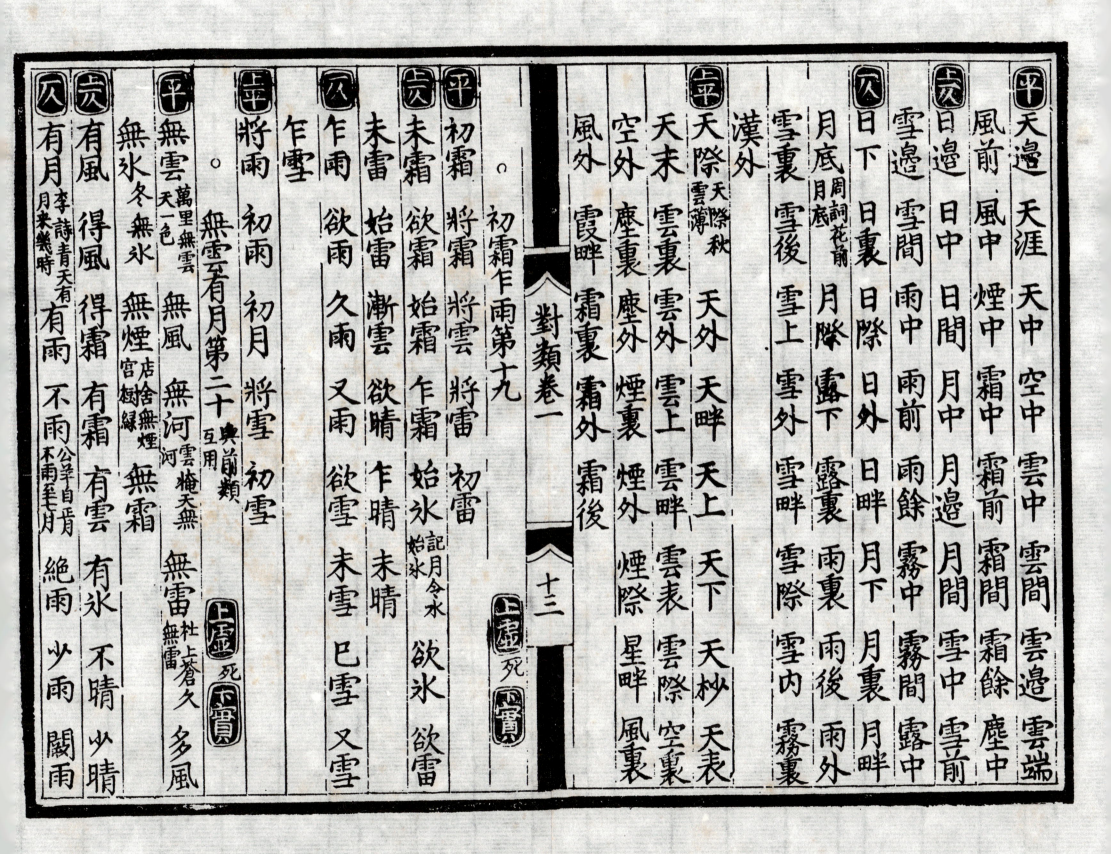

〔入〕有月（李詩青天有月來幾時） 有雨 不雨（春秋書不雨公羊曰記異） 絶雨 少雨 闕雨

〔六〕有風 得風 得霜 有霜 有雪 有冰 不晴 少晴

〔平〕無冰（冬無冰） 無煙（宮井閣舍無煙） 無霜

無雲（天一色萬里無雲） 無風 無河（河雲掩天無） 無雷（無雷杜詩） 多風

○無雲有月第二十（與前韻互用）〔上雪〕次〔去賞〕

〔上平〕將雨 初雨 初月 將雪 初雪

乍雪

〔仄〕乍雨 欲雨 久雨 又雨 欲雪 未雪 已雪 又雪

未雷 始雷 漸雪 欲晴 乍晴 未晴

〔去〕未霜 欲霜 始霜 乍霜 始冰（始冰月令水） 欲冰 欲雷

〔上平〕初霜 將霜 將雲 將雷 初雷

○初霜乍雨第十九〔上雲〕次〔去雲〕

風外 雲畔 霜裏 霜外 霜後

空外 塵裏 塵外 煙裏 煙外 煙際 星畔 風裏

天末 雲裏 雲外 雲上 雲畔 雲表 雲際 空裏

〔上平〕天際（雲天際收） 天外 天畔 天上 天下 天杪 天表

漢外

雲裏 雲後 雲上 雲外 星畔 雲際 雲內 霧裏

月底（月明花底） 月際 霜下 露裏 雨裏 雨後 雨外

〔入〕日下 日裏 日際 日外 日畔 月下 月裏 月畔

雲邊 雲間 雨中 雨前 雨餘 霧中 霧間 露中

〔上入〕日邊 日中 日間 月中 月邊 月間 雪中 雪前

風前 風中 煙中 霜中 霜前 霜間 霜餘 塵中

〔平〕天邊 天涯 天中 空中 雲中 雲間 雲邊 雲端

欠雨　得雨　未雨（孟：迨天之未陰雨）　得月　欠月　有日　有露
有霧　得雪　有雪　欠雪
【上平】無月　無雨　無日　無雪　多雪　多霧　多雨　多露
○　如雲　似月　二十一　與地理門如山若海互用　【上虛死下實】
【平】如雲（史：堯望之如雲）　如霞（桃花詩：川源遠近蒸紅霞）　如虹（入門下馬氣如虹）　如雷
如冰　如風（漢文帝：我德如風）　如霜（月）　如霆　如煙　如星　如天
【上仄】似冰　似霜　似煙　若冰
【仄】似月（選：團〻似明月）　似日　似雪　似火　似雨　若雨　似霧
若霧　似霰　似靄　似電　似露
【上平】如雨（桃花亂落如紅雨）　如霧　如雪　如日　如月
【時令】○　春天夏日　二十二　與地理門春山曉岸互用　【並實】
【平】春天　秋天　春空（韓：靄〻春空雲）　秋空　冬天　春風　秋風

冬風　晨風　春陽　秋陽　冬陽　春曦　秋曦　晨曦
朝曦　朝暉（並日）　春雲　秋雲　冬雲　朝雲　秋霜　冬霜
春霜　朝霜　春煙　秋煙　晨煙　朝煙　朝霞　秋霞
秋虹　朝虹　春霏　朝霏　晨霏　春雷　秋雷　冬雷
春冰　冬冰　晨冰　晨星　秋蟾　朝蟾　朝陽　秋霖
【上仄】夏天　曉天　午天　晚天　暮天　晚空　曉空　夏風
曉風　午風　晚風　夕風　朔風　曉霞　早霞　晚霞
暮霞　夏雲（夏雲多奇峯）　晚雲　暮雲　曉雲　夕暉・夕陽
曉蟾　夜蟾　晚蟾　曉虹　晚虹　曉煙　暮煙　早煙
晚煙　午煙　曉霜　早霜　曉雷　晚雷　夜雷　夏雷
曉星　晚暉　曉冰
【仄】夏日　曉日　晝日　午日　晚日　暮日　夕照　晚照

〔入〕夏日　曉日　晝日　午日　晚日　暮日　夕照　晚照

曉星　曉蟬　曉冰

晚煙　午煙　曉霜　早霜　曉雷　晚雷　夜雷　夏雷

曉蟾　夜蟾　晚蟾　曉虹　晚虹　曉煙　暮煙　早煙

暮霞　夏雲（[illegible]）　晚雲　暮雲　曉雲　夕蟬。夕陽

曉風　午風　晚風　夕風　朔風　曉霞　早霞　晚霞

〔入〕夏天　曉天　午天　晚天　暮天　晚空　曉空　夏風

春冰　冬冰　晨冰　晨星　秋蟾　朝蟾　朝陽　秋霖

秋虹　朝虹　春霏　朝霏　晨霏　春雷　秋雷　冬雷

春霜　朝霜　春煙　秋煙　晨煙　朝煙　朝霞　秋霞

朝曦　朝暉（日光）　春雲　秋雲　冬雲　朝雲　秋霜　冬霜

冬風　晨風　春陽　秋陽　冬陽　春曦　秋曦　晨曦

〔平〕春天　秋天　春空（[illegible]）　秋空　冬天　春風　秋風

〔對句〕。春天夏日三十（[illegible]）〔半實〕

〔半虛〕如雨（[illegible]）　如露　如雪　如日　如月

若露　似霞　似電　似雪　似露

〔入〕似月（[illegible]）　似日　似雲　似火　似雨　若雨　似露

〔入〕似冰　似霜　似煙　若冰

如冰　如風（[illegible]）　如霜　如雷　如煙　如星　如天

〔平〕如雲（[illegible]）　如雷（[illegible]）　如虹（[illegible]）　如雪

。如雲似月二十一（[illegible]）〔半虛〕及〔半實〕

〔平〕無月　無雨　無日　無雪　多雪　多霧　多雨　多露

有霧　得雪　有雪　久雪

久雨　得雨　未雨（[illegible]）　得月　久月　有日　有露

夜月 曉月 晚吹 夕吹 午吹 夏雨 曉雨 暮雨
夜雨 社雨 宿雨 臘雪 曉雪 暮雪 夜雪 朔雪
晚雪 曉露 夜露 晚露 曉霧 暮靄
上平 春日 秋日 冬日 朝日 春月 秋月 春雨 冬雨
秋雨 宵雨（韓宵殘雨送涼） 時雨 朝雨 春露 秋露 冬露
晨露 朝露 春霧 秋霧 朝霧 春雪 冬雪 朝雪
晨雪 春靄

。晴天暖日二十三（與前春天夏日互用）　上半虛 下實
平 晴天 炎天 涼天 寒天 晴風 和風 薰風 涼風
炎風 寒風 涼颸 寒颸 晴空 寒空 晴雲 陰雨
寒雲 晴煙 寒煙 晴曦 寒曦 晴暉 晴虹 寒霜
寒暉 寒氷 寒蟾 涼蟾

上仄 暑天 煖天 冷天 霽天 暑風 煖風 冷風 霽煙
煖煙 冷煙 暝雲 凍雲 霽雲 霽虹 旱雷
仄 煖日 暑日 霽日 霽月（光風霽月） 冷月 皓月 霽靄
霽霧 煖靄 暑雨 煖雨 冷雨 凍雨 冷露 冷霧
霽雪 凍雪 煖吹 冷吹 爽吹
上平 陰雨 涼雨 寒雨 寒日 晴日 炎日 寒露 涼露
寒霧 晴霧 晴靄 寒靄 晴吹 涼吹 寒吹 涼月
寒月 晴昊 陰霧 寒雪 晴雪

。天寒日煖二十四（與地理門山寒水煖互用）　上實 下半虛
平 天寒 天晴 天涼 天陰 風和 風涼 風暄 風寒
霜寒 霜晴 氷寒 煙和 煙晴 煙寒 雲陰
仄 日暄 日和 日溫 日炎 日晴 日昏 日曛 月寒

仄 日暄 日和 日溫 日炎 日晴 日昏 日曛 月寒

霜寒 霜晴 冰寒 煙和 煙晴 煙寒 雲陰 風寒

平 天寒 天晴 天涼 天陰 風和 風涼 風暄 風寒

。天寒日暖二十四（以與暖互用 與後理門山寒）

寒月 晴昊 陰霧 寒雲 晴雲

寒霧 晴霧 晴靄 寒靄 晴吹 涼吹 寒吹 涼宵

仄 陰雨 涼雨 寒雨 寒日 晴日 炎日 寒露 涼露

霽雲 凍雲 暖吹 冷吹 寒吹

霽霧 暖靄 暑雨 暖雨 冷雨 凍雨 冷露 冷靄

仄 暖日 暑日 霽日 霽月（明光風霽） 冷月 皓月 霽霄

暖煙 冷煙 宿雲 凍雲 霽雲 霽虹 早雷

仄 暑天 暖天 冷天 霽天 暑風 暖風 冷風 霽煙

寒蟬 寒冰 寒蟾 涼蟾

寒雲 晴煙 寒煙 晴靄 寒靄 晴蟬 晴虹 寒霜

炎風 寒風 涼飈 寒飈 晴空 寒空 晴雲 陰雨

平 晴天 炎天 涼天 寒天 晴風 和風 薰風 涼風

。晴天暖日二十三（日互用 與前春天夏）

晨雲 春雷

晨露 朝露 春霧 秋霧 朝霧 春雲 冬雲 朝雲

秋雨 宵雨（送宗許韓宵發） 時雨 朝雨 春露 秋露 冬露

平 春日 秋日 冬日 朝日 春月 秋月 春雨 冬雨

晚雲 曉露 夜露 晚露 曉霧 暮靄

夜雨 社雨 宿雨 臘雪 曉雪 暮雪 夜雪 朔雪

夜月 曉月 曉吹 夕吹 午吹 夏雨 曉雨 暮雨

月涼　月昏　雨晴　雨陰　雨涼　雨寒　露涼　露寒
雪寒　雪晴　霧陰
仄 日煖　日暑　日霽　月冷　露冷　雨冷　雨霽　雨凍
雪冷　雪霽　雪凍　霧冷　霧霽　靄霽
上平 風煖　風冷　風爽　風凍　天煖　天霽　天冷　天熱
天曙　天曉　天晚　天暮　天暝　天爽　霜冷　霜凍
氷凍　氷冷　煙煖　煙冷　煙霽　煙暝　霞霽　雲凍

○如春似畫二十五　上虛 死 下實

平 如春 冬日煖如春　如秋　如冬　如年 度日如年之長
上仄 若春
仄 似畫 月華明似畫　似歲　似夏
上平 如晝 上元詞望千門如晝

○生寒布煖二十六 與時令門催寒送煖互用　上虛 活 下半虛

平 生寒　生涼　添寒 風雨　凝寒 霜雪　開晴 雨　橫秋 霜　銷炎 涼雨銷炎厲
上仄 洗秋　弄晴　釀寒　送涼 雨　扇和 春風　奪炎 涼颷奪炎熱　厲寒 北風
載陽 詩春日載陽
仄 布煖　解凍　却暑　徹暑　滌暑　扇煖 風　奪熱 涼颷奪炎熱
上平 驅臘　驅暑 並風　鳴夏 文以雷鳴夏　含凍　生凍　凝凍 並雨雪
傳爽 風

地理

○江風漢月二十七 與宮室門牕風檻雨互用　並實

平 江風　溪風　湖風　山風　川風　林風　江天　湖天
江雲　溪雲　山雲　汀雲　川雲 杜川雲自去留　山煙　嵐煙
岩煙　溪煙　汀煙　洲煙　湖煙　林煙　江煙　崖氷
河氷　湖氷　池氷　溪霜　林霜　江虹　林霏

河冰　湖冰　池冰　溪霜　林霜　江虹　林霏　崖冰
岩煙　溪煙　汀煙　洲煙　湖煙　林煙　江煙　嵐煙
江雲　溪雲　山雲　汀雲　川雲杜牧西川雲白　山煙　湖天
〔平〕江風　溪風　湖風　山風　川風　林風　江天　湖天
〔上〕○江風漢月二十七與雨互用寘通用　〔去〕
傳與扇
〔平〕飄颻　歷暑並風　高夏文夏以雷譜　含凍　生凍　凝凍並雨雪
〔入〕布暖　解凍　卻暑　避暑　滌暑　啟凍　奪炎熱涼颷奪炎火
薰風暢謝靈運詩暢春日
〔去〕洗秋　弄晴　釀寒　送涼雨　啓和風春　奪炎熱涼颷奪炎火　驅寒風
〔平〕生寒　生涼　添寒雨風　凝寒雲霜　開晴雨　媚秋　鑠炎涼雨　祛寒
○生寒布暖二十六與寒通與暖互用今用祛寒　〔上〕　〔去〕

〔平〕如畫門門畫上元詞里千
〔入〕似畫畫月華照似　似織　似夏
〔去〕若春
〔平〕如春春冬日如秋　如秋　如冬　如年今度日如年
○如春似畫二十五　〔上〕　〔去〕
冰凍　冰冷　煙暖　煙冷　煙霽　煙暝　霞霽　雲凍
天曙　天曉　天晚　天暮　天暝　天霽　天冷　天熱
〔平〕風暖　風冷　風凍　風凍　風定　天霽　天冷　天熱
雲冷　雲霽　雲凍　雲靜　雲霽　雲霽
〔入〕日暖　日暑　日暮　月冷　雨冷　雨霽　雨凍
雲暖　雲晴　雲霽
月涼　月皎　雨晴　雨歇　雨涼　雨寒　露涼　露寒

【去】洞雲　浦雲　巃雲　嶺雲　岫雲　峽雲　海雲　水雲
野雲　塞雲　漢雲　海風　澗風　岸風　渚風　水風
谷風　野風　洞風　野煙　渚煙　岸煙　塞煙　巃煙
嶺虹　澗虹　渚虹　野霜　嶺霜　水天　洞天　沼氷
澤氷澤氷妨鹿飲　澗氷　海霞　嶺霞　海蟾
【入】漢月　塞月　野月　浦月　巃月　嶺月　水月　澗月
沼月　海月　岸月　嶂雨　峽雨　岸雨　塞雨　野露
塞露　嶂露　海露　嶺雪　野雪　岸雪　徑雪　塞雪
巃雪　海日
【平】江月　溪月　湖月　沙月　林月　山月　川月　岩月
村月　汀月　池月　波月　灘月　林日　山日　川日
江日　溪日　山雨　江雨　溪雨　林雨　岩雨　池雨

郊雨　汀雪　洲雪　江雪　溪雪　林雪　岩雪　山雪
村雪　湖雪　崖雪　山霧　江霧　溪霧　汀霧　林露
山露　汀露　村露　江露　畦露　村靄　汀靄

。銜山出岫二十八　【上虛】活【下實】

【平】銜山落日　横山　疑山並煙　埋山雪　藏山雲　捎溪急雨捎溪足　疑河
疑池氷　迷山煙　平山　穿林並日　篩林月　籠林霧　鳴池雨　揚沙
横江露　生泥雲　飛沙　揚波　號林　籠沙煙籠寒水月籠沙　明川
迷村煙
【去】度江　度溪　被峦並雲　上峰　出山　吐山月　掛山日　印波
入河入河蟾不没　離波　漾波並日　湧江月湧大江流　映江月亭亭映江
漾江月　撼林風　出溪雲　破山雷　積山雪　浥塵渭城朝雨浥輕塵　發泉
浸波　浴波月

浸波　浴波月　　　　　　　　　　　　　　　　鏡泉
漾江月　藏林風　出溪雪　被山雪　積山雪　洒塵
人河　渡溪　凍溪　浮江　　　　　　映江日
度江　渡溪　被酒雲　上峯　出山　吐山月　掛山日　印波
迷村煙
横江露　生沉雲　飛沙　拂波　飄林　觸沙　明川
凝池冰　迷山煙　平山　穿林日　靜林月　蘸林雲　過池西　拂沙
銜山日落　横山　凝山煙　埋山雪　衡山雪　消溪　凝河
。銜山出海二十八
山露　汀露　村露　江露　庭露　村露　汀露
村雪　湖雪　崖雪　山霧　江霧　溪霧　汀霧　林霧
林雨　汀雪　洲雪　江雪　溪雪　林雪　岩雪　山雪

江日　溪日　山雨　江雨　溪雨　林雨　岩雨　池雨
村月　汀月　池月　波月　灘月　林日　山日　川日
江月　溪月　湖月　沙月　林月　山月　川月　岩月
龍雪　海日
寒露　草露　滿露　繁露　野霧　岸霧　煙霧　寒霧
沼月　海月　岸月　峰雨　冰雨　岸雨　寒雨　野露
漢月　寒月　野月　浦月　朧月　嶺月　冰月　潤月
澤冰　潤冰　溪霞　嶺霞　海霧
嶺虹　潤虹　野霜　積霜　冰天　洞天　沼冰
谷風　野風　洞風　野煙　渚煙　岸煙　寒煙　朧煙
野雲　寒雲　漢雲　海風　潤風　岸風　清風　水風
洞雲　浦雲　朧雲　嶺雲　岫雲　峽雲　海雲　水雲

【仄】出岫 出塞 觸石 度水 起谷（並雲） 拂地（無風雲拂地） 刮地
捲地 起浪 捲浪 走石（並風） 爍石（夏日） 浸水 醮水（天） 飲澗
飲水（並虹） 潤圃 鎖岸 罩嶺（並煙） 飲渚 映渚（霞） 冠嶺（文雲霞冠秋嶺）
剪水 蔽野 匝地 出地（雷） 映水（月） 跨水（虹） 逆水（風） 捲浪
【上平】翻浪 吹浪 生浪（並風） 生海 離海（並月） 鳴沼（雨） 移石（江動月移石）
藏岫 籠水 橫岸 橫嶺 迷野（並煙） 垂野（杜星垂平野闊） 橫塞

【花木】○荷風杏雨二十九（與花木門桃霞稻雪互用）

【平】荷風（荷風送香氣） 松風（松風五月寒） 蘋風（秋風起蘋末） 【並實】槐風 蘭風
梧風 花風 條風 梅風 蒲風 蘆風（悲風颯颯吹黃蘆） 松煙
蕪煙 松雲 茶煙（亂飄僧舍茶煙濕） 榆煙（清明榆火起新煙） 桒煙（一村桒柘一村煙）
葭霜 蘆霜 梧霜 楓霜（曉霜楓葉丹） 梅天 梅霖 槐雲
松雲

【上仄】竹風（脩竹半窗風） 蓼風 稻風 草風（草上之風必偃） 麥風 蕙風
柳風（柳搖臺榭東風軟） 桂風（秋風生桂枝） 柳煙 竹煙 柘煙 草煙
蓼煙 草霜 蓼霜 菊霜（菊殘猶有傲霜枝） 橘霜 麥雲 稼雲
菊天
【仄】杏雨（詞杏花雨過） 穀雨（穀雨櫻桃落） 豆雨（八月豆花雨） 竹雨 麥雨
竹露 草露 葉露（月明垂葉露） 麥露 蓼露 菊露 桂月
柳月（月掛柳梢頭） 竹月 竹日
【上平】梅月 桐月（缺月掛疎桐） 松月 花月 蘆月 梨月（詩梨花院落溶溶月）
棠月 梅雪 蘆雪 松雪 梨雪 梅雨（梅子黃時雨） 荷雨
梨雨（梨花春帶雨） 苔雨 花雨 梧雨 桃雨 萍雨 棠雨
荷露 葵露 葭露 松露 蘭露 蓮露 花露 松霧
花霧 松雪 梨雪 花日 葵日

花露　松雪　梨雪　花日　葵日

荷露　葵露　菊露　松露　蘭露　蓮露　花露　杏露

梨雨（梨花春帶雨）　苔雨　花雨　梧雨　桃雨　蕉雨　棗雨

棠月　梅雪　蘆雪　松雪　梨雪　梅雨（梅子黃時雨）　荷雨

十四　梅月　桐月（梧桐月曲）　松月　花月　蘆月　梨月（梨花院落溶溶月）

柳月（月上柳梢頭）　竹月　竹日

竹露　草露　葉露（葉露月明）　蓉露　萸露　菊露　桂月

八　杏雨（過詞杏花雨）　穀雨（落穀雨）　豆雨（豆花雨）　竹雨　麥雨

菊天

蓑煙　草霜　菱霜　菊霜（菊殘猶有傲霜枝）　橘霜　岑雲　嶺雲

柳風（東風搖柳）　桂風（秋風桂枝）　柳煙　竹煙　梧煙　草煙

十六　竹風（風吹竹響）　蓑風　梧風　草風（草上之風必偃）　麥風　蕙風

松雲

葭霜　蘆霜　梧霜　楓霜（江楓霜葉）　梅天　梅霖　嶺雲

蕪煙　松雲　茶煙（茶煙颺）　榆煙（清明榆火）　桑煙（一村桑柘）　松煙

梧風　花風　柳風　梅風　蒲風　蘆風（古風蘆）　松風

二十　荷風（荷風送香氣）　松風（松風五月寒）　薰風（薰風自南）　楊風　蘭風

○荷風杏雨二十九（楊柳風杏花雨）

激曲　瀧水　橫岸　橫灘　迷野（煙迷野）　垂楊　樵寒

盤渦　吹浪　生波（風生）　拍海　灑海　鳴沼（雨）　落石（石動月）　激浪

漲水　激浪　回波　吞雲（雷）　吸水　逝水　湧波

飲水　瀦圓　鎖岸（碧草）　交渚　受渚　霞宮

擁岸　崩浪　走石（風走石）　濺石　汲水（日）　滲水　激湖

出曲　出塞　鷗石　度水　啼谷（雪）　帶地　包地

○霜花雪絮三十

平 霜花 宋天聖中青州盛冬濃霜屋瓦皆成白花之狀 冰花 霜華 並實 雲葩 雲英 雲枝

雲根 石出雲曰雲根 雲花 天花 天根 簷花 燈前細雨簷花落 星芒

仄平 雪花 雪英 雨花 日華 日精 月華 露華

仄 雪絮 雪葉 雪片 月桂 露顆 雨點 地籟

平仄 雲葉 雲絮 冰筍 冰柱 霜粟 天籟

○烘梘拂柳三十一 上虛 活 下實

平 烘梘 蒸桃 日 肥梅 紅綻雨肥梅 封梅 雪 傾葵 日 翻荷 風翻荷背白

侵梧 霜風侵梧桐 飄梧 凋楓 吹蘆 吹蒲 生蘋 並風 興苗

滋蘭 雨 埋松 雪

仄平 起蘋 約萍 汎蘭 被蘭 剪梧 落梧 獵蒲 捲蘆

入松 並風 弄梅 凍梅 亞梅 雪 滴荷 雨 鬧荷 風 倒蓮 霜倒半池蓮

滴蕉 落槐 染楓 新霜染楓葉 偃禾 落梅 擺荷 並風 斷蒲

掛桐 月 滴梧 雨

仄 拂柳 擺柳 舞柳 剪柳 並風 鎖柳 罩柳 並煙 戛竹 風 動竹

壓竹 雪 折筍 轉蕙 風光轉蕙 破菊 霜風破佳菊 損菊 偃草

平仄 敲竹 搖竹 風 埋竹 霜埋翠竹根 篩竹 月 搖柳 凋柳 風 梳柳

籠柳 煙 生桂 牽荇 風 凋草 霜 栖菊 滋菊 白露滋園菊

荒菊 雨 抽麥 杜煖風抽宿麥 烘杏 日

○滋花潤葉三十二 上虛 活 下實

平 滋花 雨露滋 吹花 飄花 風 籠花 送花 煙 烘花 日 穿花

催花 雨 飛花 風花高下飛 開花 凋林 凝枝 鳴條 封條

仄平 落花 臥花 檻雨臥花叢 折花 剪花 風 妬花 浥花 雨 濕花

傍花 雲 振條 勒花 風雨

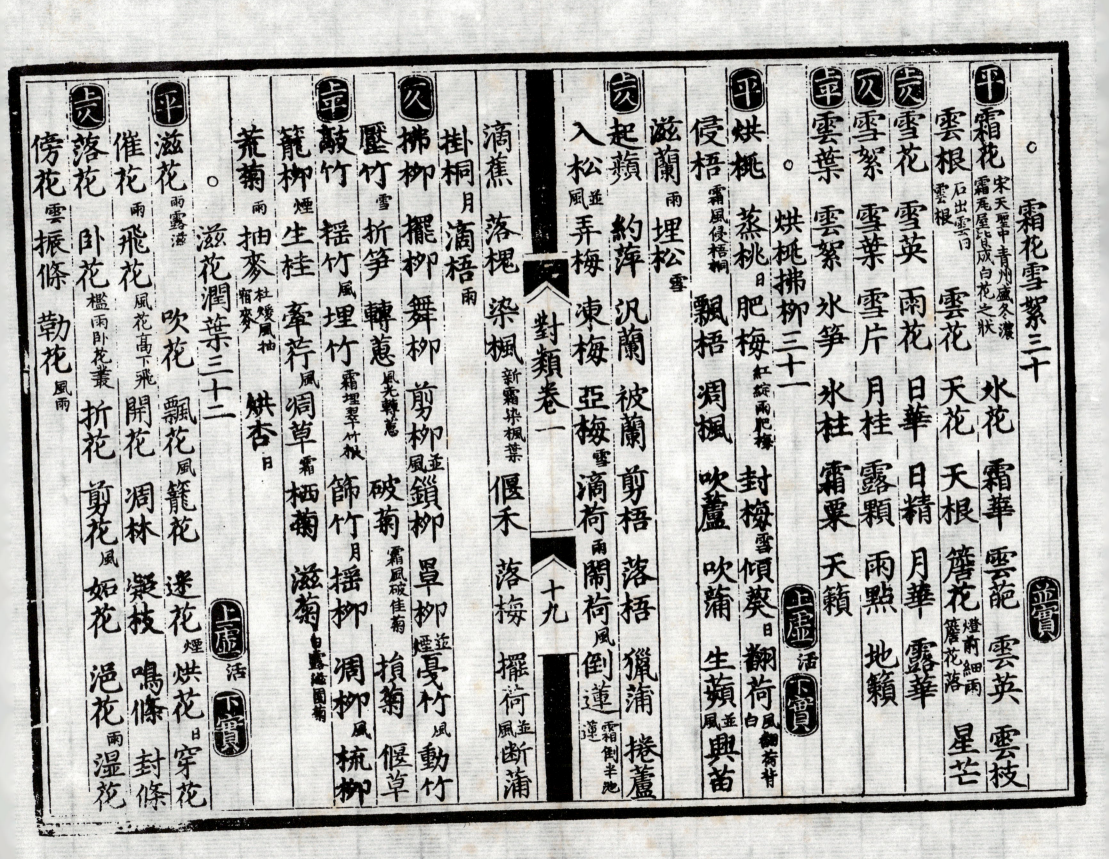

【仄】潤葉（雨） 落葉 剪葉 下葉 夾絮 舞絮 卷絮 舞葉

拔木（並風）

【上平】飄葉 吟葉（並風） 垂葉（露霧） 凋葉（霜）

【鳥獸】

○陽烏月兔三十三 【並實】

【平】陽烏（日也。李白詩：陽烏未出谷） 天黿

【上仄】日烏 日駒（日影。智曰：駒之過隙） 月蟾 月蜍

【仄】月兔 野馬（塵）

【上平】星鳥 天象 星象 天馬 麐馬 天狗 天驥

○蟾蜍蝃蝀三十四 【並實】

【平】蟾蜍（日） 商羊（雨）

【上仄】燭龍（日也。選：惟若燭龍銜照西山）

【仄】蝃蝀（虹）

【平】金烏（日中有三足烏。康孟詩：金烏升曉氣） 金鴉（日也。韓：金鴉既騰翥） 金蛇（電） 銀蟾

○金烏玉兔三十五 【並實】

冰蟾（並月）

【上仄】玉蟾（月） 玉龍（雪。詩：戰退玉龍三百萬） 玉虹（工坡：水作玉虹流）

【仄】玉兔（月中有搗藥兔） 鉄騎（雲） 玉虎 玉蝀（虹） 玉馬

【上平】塩虎（雪石） 金虎

○烏輪兔魄三十六 【上實】【下半實】

【平】烏輪 羲輪（日輪） 龍躔（星） 龍精 蟾光 蟾輝（月）

【上仄】兔華 烏星

【仄】兔魄 兔彩 兔影（月） 鳥宿（星） 象緯

【上平】羲馭 蟾彩 蟾影 鶉火 羊角（風） 駒影（月） 烏影（並日） 龍宿

龍魄 羲駟

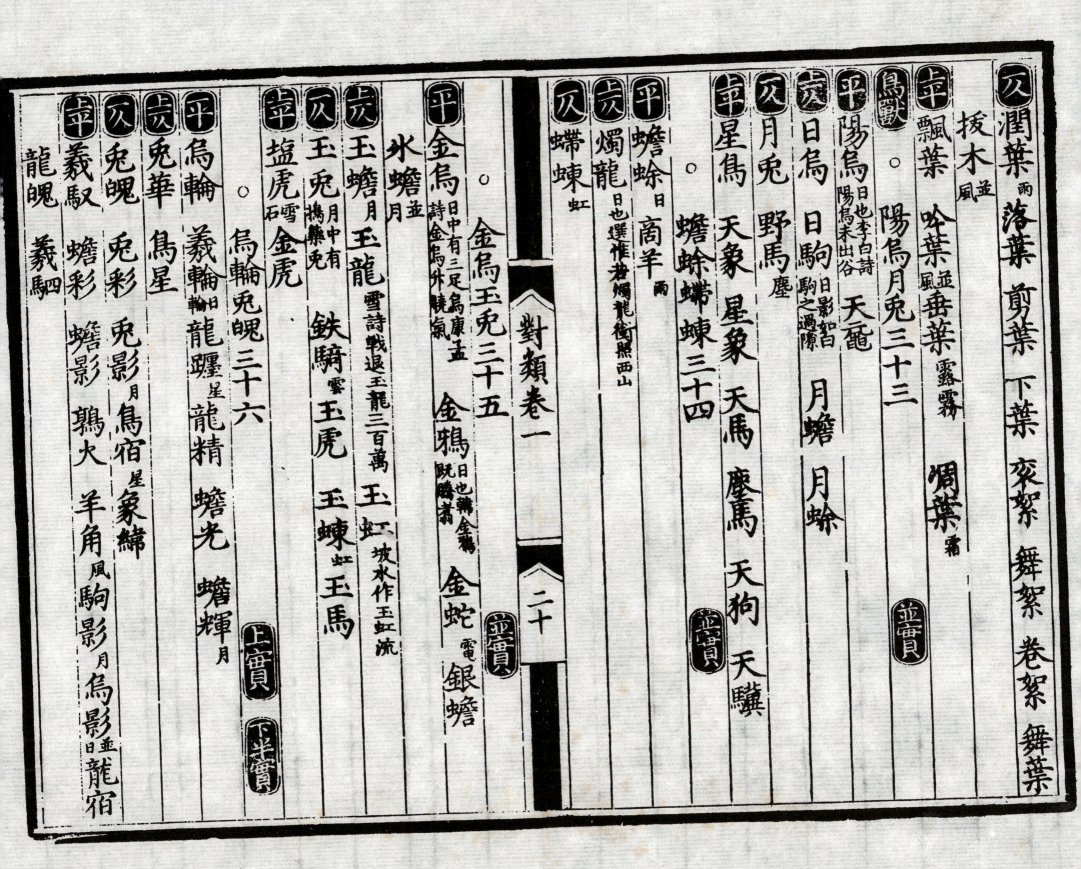

龍 明 義 [illegible]

平 義 [illegible] 又 [illegible] 大 羊 角 [illegible] 宿

又 宪 明 宪 [illegible] 宪 [illegible] 鳥 宿 [illegible]

六 宪 華 鳥 星

平 鳥 輪 義 輪 [illegible] 龍 [illegible] 龍 精 [illegible] [illegible]

鳥 輪 宪 明 三十六

平 益 虎 [illegible] 金 虎 [illegible]

又 王 宪 [illegible] 鐵 [illegible] 王 虎 王 東 [illegible] 王 馬

六 王 [illegible] 王 龍 [illegible] 王 [illegible]

水 [illegible]

平 金 鳥 [illegible] 金 鳥 [illegible] 金 [illegible]

金 鳥 王 宪 三十五

卷一

二十

又 帶 東 [illegible]

六 [illegible] 龍 [illegible]

平 [illegible] 高 羊 [illegible]

[illegible] 東 三十四

平 星 鳥 天 象 星 象 天 馬 [illegible] 天 狗 天 [illegible]

又 月 宪 [illegible] 馬 [illegible]

六 日 鳥 日 馬 [illegible] 天 [illegible] 月 [illegible] 月 [illegible]

平 陽 鳥 [illegible] 天 [illegible]

陽 鳥 月 宪 三十三

平 風 [illegible] 風 [illegible] [illegible]

枝 木 [illegible]

又 [illegible] 葉 [illegible] 葉 [illegible] 葉 [illegible] [illegible] [illegible]

○烏飛兔走三十七

（平）烏飛　烏升　烏沉　蟾升　蟾沉　虹垂　（上實）（下虛）活

（仄）兔飛

（仄）兔走　兔搗

（上平）烏墜　虹斷　蟾沒　虹見

○搏鵬隱豹三十八

（平）搏鵬風　鷺鳥月　鷺魚新月詩鷺魚誤認月垂鈎　從龍雲　鳴鳩雨　（上虛）活（下實）

（上仄）喘牛月　起龍　化龍並雷

（仄）隱豹霧　過鴈凉風新過鴈　起鴈松風吹起鴈行高　斷鴈坡風急鴈行吹字斷　鷺鶴

啓蟄雷　退鷁左六鷁退飛過宋都風也

（上平）鳴鸛詩零雨其濛鸛鳴于垤　鷺燕　翻燕震雷翻幕燕　飛鵲月明星稀烏鵲南飛

齊鶩落霞與孤鶩齊飛

（宮室）

○牕風檻雨三十九

（平）牕風　簷風　簾風　櫺風　樓風　臺風　亭風　軒風　（並實）

帘風　旗風　宮煙　墻煙　厨煙　橋煙　樓煙　牕煙

簷星　牕雲　墻雲　樓雲　宮雲　橋霜　宮霜　簷霜

樓霜

（上仄）闕雲　棟雲畫棟朝飛南浦雲　寺雲　瓦霜　屋霜　牖風　砌風

巷風　檻風　院風　寺煙　舍煙　舍雲雲生舍北泥

（仄）檻雨檻雨卧花叢　砌雨　院雨　瓦溜　檻日　砌日　隙日

院月　砌月　榭月　牖月　隙月　店月鷄声茅店月　屋雪

戶月琴清月當戶　巷雪　砌雪　檻雪

（上平）牕雨　階雨夜雨滴空階　簷雨　簾雨　牕月　庭月　樓月

簷月　亭月　臺月　階月　軒月　簾月　橋月　宮月

墻月 樑月 簷日 亭日 臺日 窗日 庭日 階日
軒日 磚日 唐李程爲翰林學士懶日過八磚入院號爲八磚學士
簾日 宮日 牕雪 庭雪 簷雪 臺雪 堦雪 城雪
宮雪 橋雪 牕露 簾露 堂露 簷露 樓霧 牕霧
樓霧 城霧 簷溜

○星房月殿四十 與宮室門風亭月榭互用 〔並實〕

〔平〕星房 星宮 星辰之宮分 星橋 星橋鐵鎖開 天宮 天上之宮闕 星躔
星堦 辰居 天墀 天闈 天衢 天街 天門 天池
天関 天河 天庭 天津 河漢 天堂 蟾宮 台堦 雷門
風車 風臺 雲程 雲関 雲門 雲臺 雲津 雲衢
雲扃 雲車 雲橋 雲樓 雲梯 共登青雲梯 雲堦 虹橋
霜臺

〔上仄〕日宮 月宮 漢津 泰階 露臺 雪臺 雪宮 帝庭
〔仄〕月殿 月窟 月府 月地 月闕 月户 月閣 月館
日域 斗域 露室
〔上平〕天闕 天府 天宇 台座 雲馭 雲闕 雲路 雲轂
雲棟 雲觀 雲閣 天閣 天柱 天陛 星舍 星渚
風洞 風槖 風閣 風殿 氷室 氷柱 蟾窟 蟾闕
蟾苑 霜宇 煙閣 辰舍

○星躔斗柄四十一 〔並實〕

〔平〕星躔 星杓 星樞
〔上仄〕斗杓 斗樞 斗維
〔仄〕斗柄 日馭
〔上平〕星緯

六書統卷一

○
當楼入户四十二（與宮室門侵楼遶户互用）上虚 活 下實
平 當楼（孤月當楼滿） 侵門（楼靜月侵門） 侵廊 穿牕（月） 横牕 凝庭
窺牕 篩簾（月） 窺簷（酒醒月窺簷） 經簷（寒月經簷短） 鋪簷（霜） 沾牕
鳴牕（風雪） 敲牕 随車 鳴篷 沾衣 沾巾（並雨） 烘牕（月）
上入 入牕（明月入綺牕） 映牕 照牕 掛簷 滿船 入簾（影）（入簾殘月）
在楼 照楼（並月） 上軒（雲江月上軒） 度墻 覆墻 鎖牕（並雲） 上窓
射窓 過磚（並日） 隱墻 入堂（月） 捲簾 捲扉（並風） 打窓（雨） 打船
送帆 透窓（並風） 滴堦（雨） 洒窓 積堦（雪）
入 入户 透户 入室 拂室 拂座 捲幔 落帽（並風） 照室
入牖（明月入我牖） 照牖（月） 過隙（日） 縞屋 覆苑（城上春雲覆苑墻）
疊瓦（霜） 在户（詩三星在户）
上平 蔵屋 飛棟（晝棟朝飛南浦雲） 當户 窺户 流瓦（月） 生砌

推户 穿户（風） 堆砌 鋪砌 鋪瓦（霜） 鳴瓦 敲瓦（霰） 鳴屋
沾席（雨） 窺牖（月）
器用 ○ 帆風笛月四十三 並實
平 帆風 檣風 旗風（水村山郭酒旗風） 帘風（酒帘風） 簑風 簑煙
帆煙 簑雲 鍾霜 砧霜
上仄 笛風（笛弄晚風三四声） 枕風 箔風 艇煙
仄 笛月（三年笛裏關山月） 角月 箔月 笠雨 笠雪 艇雪 枕雨
杖月
上平 砧月 船月 笳月 舟月 鞭月 鞍月 鞍雪 簑雪
衣雪 簑雨 灯雨 衣雨 篷雨 犁雨 舟雨 衣露
○ 飛絲散綺四十四（與后遶珠合璧互用）上虚 活 下實
平 飛絲 垂絲（小雨） 翻盆 傾盆（大雨） 跳珠（雨） 垂鈎 磨鎌 彎弓

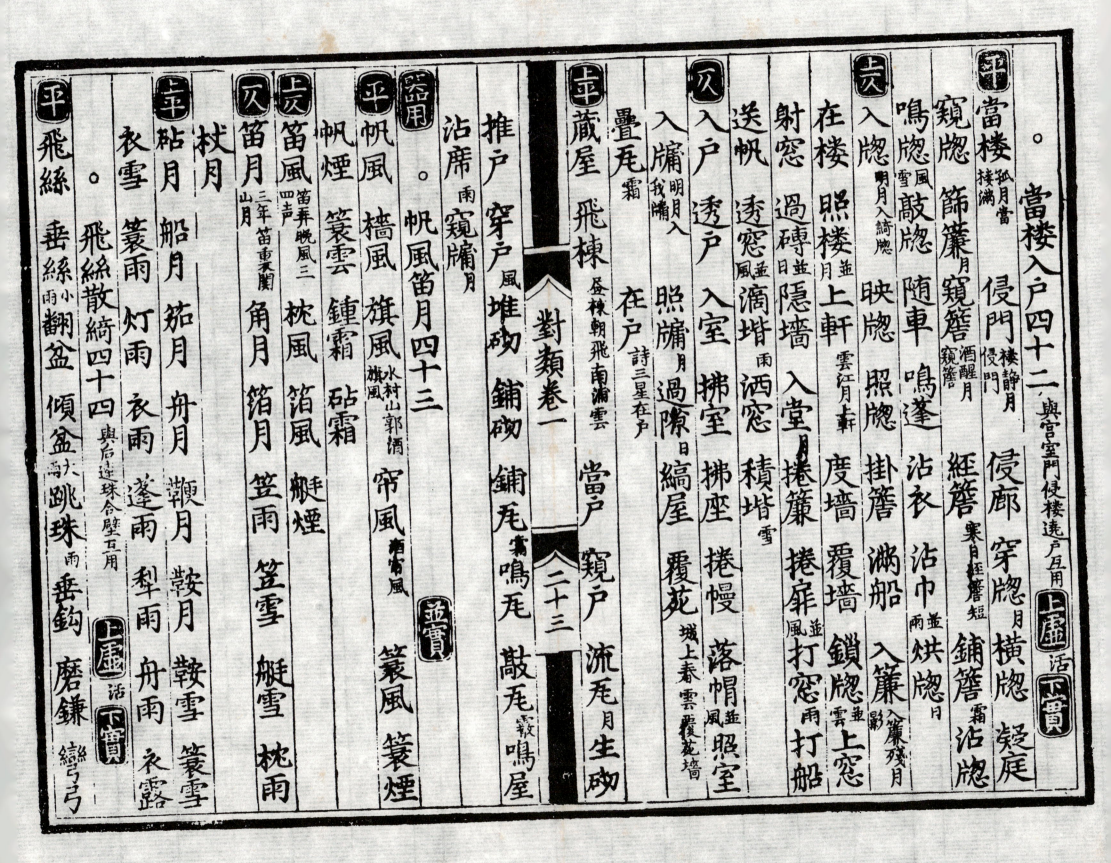

平 飛絲 垂絲 藕絲 鬢絲 游絲 柳絲 春絲
○ 飛絲散絲四十四
衣雲 綫雨 打雨 衣雨 遶雨 樂雨 舟雨 冬霧
平 路月 照月 路月 舟月 暎月 淚月 戲雲 黃雲
林月
仄 船月 角月 路月 渡雨 渡雲 暁雲 殘雨
十六 船風 林風 淺風 軟雪
帆烟 葉雲 粘雲 葉霜
平 帆風 繡風 旗風 宮風 葉風 葉烟
四平 ○ 帆風船月四十三
浴蕉 鴛鴦
推戶 穿戶 推窗 鏡窗 繡窗 鳥窗 畫屋

詩牌卷一　二十二

十 畫屋 飛棟 當戶 曉戶 流光 金屋
疊疑 在戶 照簾 過簾 鶴屋 燕
人簾 過簾 繡屋
仄 人戶 送戶 人室 邦室 邦座 幕室
送帆 送窗 滴階 酒窗 檻階
射窗 過棟 隔牆 人堂 檻簾 檻牢 打窗 打船
在樓 照樓 上軒 度牆 賓牆 鎖窗 上窗
十六 人窗 映窗 照窗 掛簷 滿船 人簾
鳥窗 隨車 鳥峯 泊木 泊中 殘窗
寶窗 斜簾 寶簷 柳簷
四 畫樓 慢門 度門 穿窗 橫窗 泊窗
○ 畫樓人戶四十二

篩瓊 開奩 沉鈎月 飛絲 堆瓊 鋪瓊 鋪塩 堆塩
舒綿雲 鋪鉛霜 鳴珠雨

【上仄】散絲雨 撒塩雪 擘綿雲 掛鈎 上弦 上鈎 吐鈎並月
覆盆雨 露鈎月

【仄】散綺 散錦霞 擘絮 捲幕 潑墨並雲 倚蓋天 學扇月生初學扇
結玉露 展鏡 破鏡並月 引素 轉轂日月 爍石日

【上平】鋪粉霜 垂幕 張幕 舒幕雲 張蓋天 開鑑月 飛鏡杜滿目飛明鏡月也
開鏡杜塵匣元開鏡 舒綺 舒錦 沉綺並霞 拖素煙 橫帶 垂帔虹
飄練白雲飄素練 飛火電

○吹帆照席四十五

【上虛】活【下實】

【平】吹帆 吹衣 吹裳 吹襟 吹帘並風 沾衣 沾裳 沾襟
沾巾 隨車 沾裙雨 堆簑雪 烘衣日

【上仄】濕裙雨 照筵月 墊巾 折巾 濕簑雨 滿衣山行雪滿衣 滿簑
點衣李義山雪詩有情應點謝莊衣 壓船 照樽 照帷月 送帆
動簾並風 滿舡月 送鐘 沒韉杜雪沒錦鞍韉 折綿庾肩吾詩霜威正折綿

【仄】照席 照幕月 拂座 拂袂 拂袖風 落帽九月九日孟嘉登龍山飲吹落烏帽
惹袖袖大惹春風

【上平】添線 烘席日 沾席雨 吹袂 吹帽風

○如絲似箭四十六

【上虛】死【下實】

【平】如梭風 如絲 如膏並雨 如眉 如弓 如鈎 如鎌並月 如珪
如酥 如甘雨 如綿雲 如珠星雨露 如刀風 如盤月

【仄】似箭風 似玉霜 似鏡 似鑑 似璧 似燭並月 似錦 似綺
似蓋天 似幄 似幙並雲 似絮雪 似火日 似臉 似練 似粉霜雪
似網並雲煙

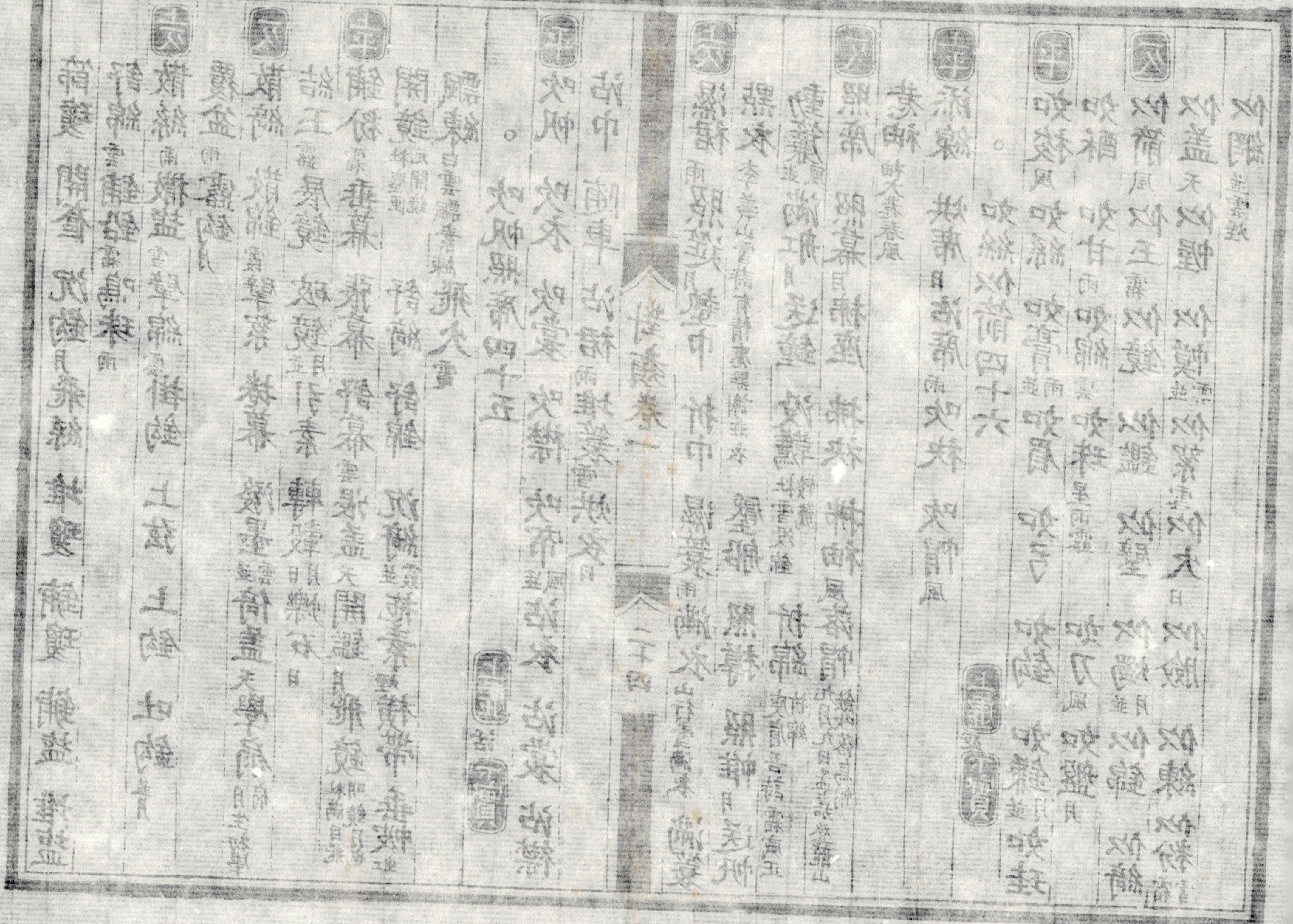

。金風玉露四十七 與地理門金城玉壘互用　並實

平 金風　金颷　金商　金天 秋天　壺天　氷天　瑶天　瑶空

瑶穹　璇空　銀河　銀潢　銀蟾　珠星　金星 太白　珠躔

璇杓　金波 月　璇霄　油雲

上仄 鏡天 鏡天元不夜　錦雲　火雲 夏雲　綺霞　錦霞　鑑氷　玉氷

翠雲　玉蟾　玉霄　玉衡 北斗第五星　弁星

仄 玉露 秋　玉宇 秋天　寶月　璧月　鑑月　火日 夏　玉雪　縠霧

幟電

上平 銀漢　瑶漢　璇極　圭月　鈎月　金日　珠露　酥雨

珠雨　絲雨　珠霰　銀霰　璇漢　圭景

。星珠月璧四十八 與器用門雲帆月笛互用　並實

平 星珠 五星如連珠　星毬　星橋　星弓　星弧　雲衣 雲細不成衣

雲屏　雲軒　雲車 魏文帝詩西北有浮雲亭、如車蓋　雲軿　雲綿 春雲片、揭輕綿

雲裳 披天孫爲織雲錦裳　雲峰　雲綃　雲鬟　雲旌　雲橋　參旗

霓旌　霞衣　霞綃　虹綃　虹梁　虹橋 李安得五彩虹駕天作長橋

煙綃　氷盤　氷輪　雷車　天戈　霜刀　風刀 秋風利似刀

風梭

上仄 日車　日輪　月輪　月毫　月弓　月梳　月鈎　月盤

月規　月弦　月鎌　月眉　雨珠　雨絲　雨酥　露盤

露珠　霧巾 霧是山巾子　霰珠　雪毬　電綃 刘輕電閃紅綃　電鞭

仄 月璧　月鏡　月鑑　月燭 月爲閑帳燭　月扇 月生初學扇　月斧

月轂　日火　日璧　日轂　雨線　雨矢　雨箭　雷幟

電火　雪絮　雪刃　霧縠　霧幕　露玉　露布　彗箒

上平 天幕　天鏡　天蓋 天形如倚蓋　天網 老子天網恢、　雲幙　雲幄

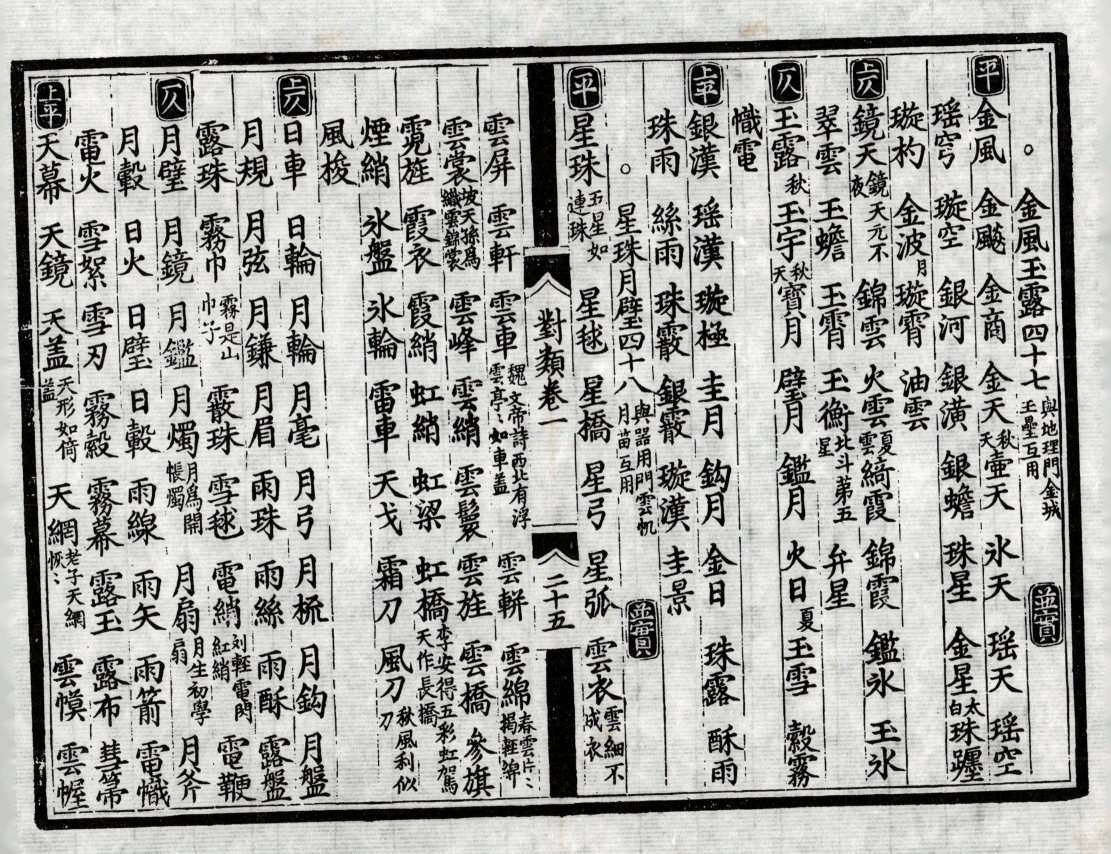

平 天幕 天鏡 天蓋（謂天形如蓋） 天網（老子天網恢恢疏而不失） 雲漢 雲梯
雷火 雲泉 雲母 露皷 露幕 露玉 露布 雪案
月韓 日火 日臺 日轂 雨線 雨天 雨前 雷霆
仄 月臺 月鏡 月鑑 月璫 月扇（看月生雙掌） 月斧
露珠 露中（中記露日山） 露散 雲遊（雲聖盤開） 雷霹（紅結雷門） 雷鞭
月規 月弦 月鐮 月扇 雨珠 雨絲 雨脚 露盤
仄 日車 日輪 月輪 月高 月弓 月梳 月窟 月盤
風梭
煙鎖 氷盞 氷輪 雷車 天衣 雷刀 風刀（刀兵風劍）
霓旌 霞衣 霞綃 虹綃 虹染 虹橋（天帝作橋）
雲旆 雲旗（霧凇霜華天結） 雲峯 雲鬟 雲旌 雲旗
雲屏 雲軒 雲車（雷車） 雲樂 雲輅

對類卷一 二十五

平 星珠（唐書星如珠） 星逑 星橋 星石 星房 雲衣（雲為衣不）
星珠 月躔 四十八（月與器皿用門）
珠雨 絲雨 珠霰 暈靄 旋霓 圭景
平 銀漢 絲漢 鐵極 圭月 鑪月 金日 春露 酒雨
纖雲
仄 玉露（秋） 玉宇（天秋） 寶月 鸞月 鑑月 火日（夏） 玉雪 霰霧
晏雲 玉霄 玉霄 玉衡（星斗第五） 弁星
鏡天 天鏡（天不） 金波（月） 璇霄 錦雲 火雲（夏雲錦） 錦霞 鑑氷 玉氷
璇空 璇空 銀河 銀潢 銀漢 珠星 金星（太白） 珠露
仄 金風 金風 金商 金天（天秋） 氷天 天語 天空
金風玉露四十七（金與玉同門）

雲蓋 雲縈（晴雲如縈） 雲錦 雲浪 雲帽 雲帳 虹帶
霓帔（斷霓天帔垂） 煙幕 煙素（長煙引輕素） 煙帶 煙縷 煙縠
霞綺（餘霞散成綺） 霞錦 霜玉 霜粉 霜鏡（湖清霜鏡曉） 風箭
風纛 風扇 星弁 星彈 冰鑑 冰玉 冰筋 雷鼓
冰柱（劉乂有冰柱賦） 雷斧 霓帶 雷轂 霞縷 雲帶

金輪玉鑑四十九 【並實】

【平】金輪 金盤 銅鉦（並日） 金波 金鈎 銀盤 銀鈎 冰輪（並月）
金樞 金盆 金莖 瑤花 瓊花（並雪） 珠纓 鉛花（霜） 冰盤
瓊珠 鹽花（雪） 銀盃（錦逐馬散銀盃） 銀絲（細雨也）
【上仄】玉盤（李小時不識月呼作白玉盤） 玉輪 玉鈎 玉梳 玉弓 玉環（月）
火輪（日） 玉繩 玉花（雪） 錦橋（虹） 玉衡
【仄】玉鑑 寶鑑 寶鏡（並月） 火傘（赫赫炎官張火傘） 玉柱（冰） 玉屑（並雪） 玉液

錦綺
【上平】金鑑 金餅 金鏡 銅鏡（並月） 銀竹（雨） 瓊屑（雪） 珠網 珠緯（並星）

連珠合璧五十（與前類飛絲散綺互用） 【上虛】活 【並實】

【平】連珠（五星） 聯珠 垂珠 凝珠（露） 飾金（月） 飛瓊（雪） 流金（日） 凝膏
流酥（雨）
【上仄】綴珠（露） 濺珠（雨） 貫珠（星）
【仄】合璧（日月） 剪玉 積玉（雪） 傅粉（霜）
【上平】舒粉 鋪粉（並雪） 團玉（秋露白團玉）

【人物】堯天舜日五十一（與地理門吳山楚水互用） 【並實】

【平】堯天（堯仁如天也） 堯雲（堯人望之如日就之如雲） 堯曦 湯雲 堯風
唐風 虞風 成風 秦風 吳風 豳風 夷風 商水
吳霜 秦煙 郇雲 蘇天 商霖（高宗命傅說曰若歲大旱用汝作霖雨）

吳謳 秦娥 卯雲 蘇天 高霖（用高宗命傅說作霖，大旱）
唐風 虞風 成風 秦風 吳風 豳風 衛風 商水
平 堯天（幽堯仁如天） 堯天 堯雲（如雲） 堯蘖 湯雲 堯風
入 舜天 盾日 五十一（與水地五理門關）
平 舒粉 鋪粉（雪） 團玉（雪白圓）
仄 合璧（日月） 剪玉 讀玉（雲） 傳粉（花）
仄 綴珠（露） 濺珠（雨） 貫珠（星）
流酥（雨）
平 連珠（星五） 聯珠 垂珠 綴珠（露） 簾金（月） 飛瓊（雪） 流金（日） 凝霜
連珠 合璧 五十（與前詩同） 銅鏡（月） 銀牙（雪） 瓊屑（雪） 珠璣（星）
平 金鑑 金餅 金鏡
錦綺

仄 玉鑑 寶鑑 寶鏡（月） 火傘（夏日） 玉柱（冰） 玉屑（雪） 玉液
火輪（日） 玉繩 玉花（雪） 錦綺 玉簫
仄 玉盤（日） 鹽花（雪） 銀盂 玉輪 玉鉤 玉梳 玉弓 玉琢
瓊珠 鹽 花（雪） 銀絲 綿花（雪） 玉珠 瓊花 冰盤
金樞 金盆 金蓮 瓊花 瓊花 珠璣 瓊花 冰盤
平 金輪 金盤 金鉤 金鉦（日） 金波 金鉤 銀盤 銀鉤 冰輪（月）
金輪 玉鑑 四十九
冰柱 冰桂 雷斧 霞帶 雷鼓 霞纛 雲帶
風豪 風扇 星斧 星譚 冰鑑 冰壺 冰紡 雷鼓
霞綺 霞錦 霜王 霜粉 雪竇 風調
霓旌 煙幕 煙素 煙霞 煙樓 煙絲
雲蓋 雲旗 雲錦 雲液 雲帆 雲帶

湯霓 孟湯南征而北狄怨若旱之望雲霓

【上仄】舜天 蜀天 楚天 舜雲 魯雲 楚雲 漢雲 舜風

晉風 鄭風 衛風 楚風 惠風 漢風 傅霖 漢氷

越霜 楚霜 漢雷 漢霆 舜雷

【仄】盾日 左趙衰冬之日也趙盾夏之日也注冬日可愛夏日可畏 舜日 漢日 趙日 蜀日

舜雨 衛雨 蜀雨 漢雨 郭雨 庚月 庚亮乘月登樓 漢月

漢露 漢雪 漢旱 越雪 楚旱 漢彗 戴雪

【上平】堯日 湯日 文日 羲日 羲和御日 和日 衰日 唐日

湯雨 商雨 周雨 唐雨 周露 周雪 湯旱 唐旱

齊彗 蕭昴 韓斗 韓愈人仰之如太山北斗

○民星尹日五十二 【並實】

【平】民星 台星 郎星 君星 民風 儒風 皇風 仙風

君天 民天

【上仄】父天 帝星 輔星 將星 使星 客星 卿雲 士雲

士風 相霖

【仄】尹日 將電 帝極 母地

【上平】君日 卿月 郎宿 兵雨 侯露

○天孫月娣五十三 與人物門星翁日者互用 【並實】

【平】天孫 織女 天公 天官 天君 心 天工 天宗 天仙 天王

天人 天民 天兵 風姨 八姨風神也 風師 風神 雲君

雲師 雲師名屏翳廣雅謂之豐隆 雲孫 星官 司天臺掌天文官 星郎 雷師

星翁 雷公 陽宗 陰靈 霜神 河姑 氷人 媒者 氷翁

霜娥

【上仄】月娥 月仙 月卿 月妃 雨師 電師 水仙 雪兒

日官 日兄 火官 火師 曆官

【仄】月姊月中非無姊即姮娥也 月御 月老 日尹 日御 火帝 日者

電母

【上平】天帝 天女 天吏 天子 天使 天職 風伯 風御

風使 風后 風友 星使 台相 台輔 雲子飯 河伯

雲母石 霜女 雷使 星史

○嫦娥織女五十四 【並實】

【平】嫦娥 飛廉風神 封姨 織阿月御 牽牛 黃姑即河鼓又名牽牛

豐隆雲師 炎官夏日

【上仄】阿香推雷車之女子也 素娥月 望舒月御 八姨風神

【仄】織女 巽二風神 列缺電師 少女少女微風 屏翳雲師名屏翳

欻火雷神

【上平】青女霜神 滕六雪神 河鼓星 巫女 神女

○仁風教雨五十五 【上半虛】【下實】

【平】仁風 恩風 文風 英風 仁天 文星 威雷 威霆

【上仄】德風 化風 教風 惠風選惠風和暢 德星 性天

【仄】教雨 德雨 化雨 法雨 政雨 德日 慧日 德澤

利澤

【上平】恩露 恩澤 仁澤

○吹人照我五十六 【上虛】活【實】

【平】吹人風 隨人 窺人孟月 傷人杜秋月解傷人 烘人日

【上仄】逼人 倒人 近人河漢近人流 逐人明月逐人來 向人杜朧月向人圓

照人月 滴身杜青松露滴身 在鬢戰場文堅冰在鬢 入懷風雲入壯懷 滿懷月

點身雪

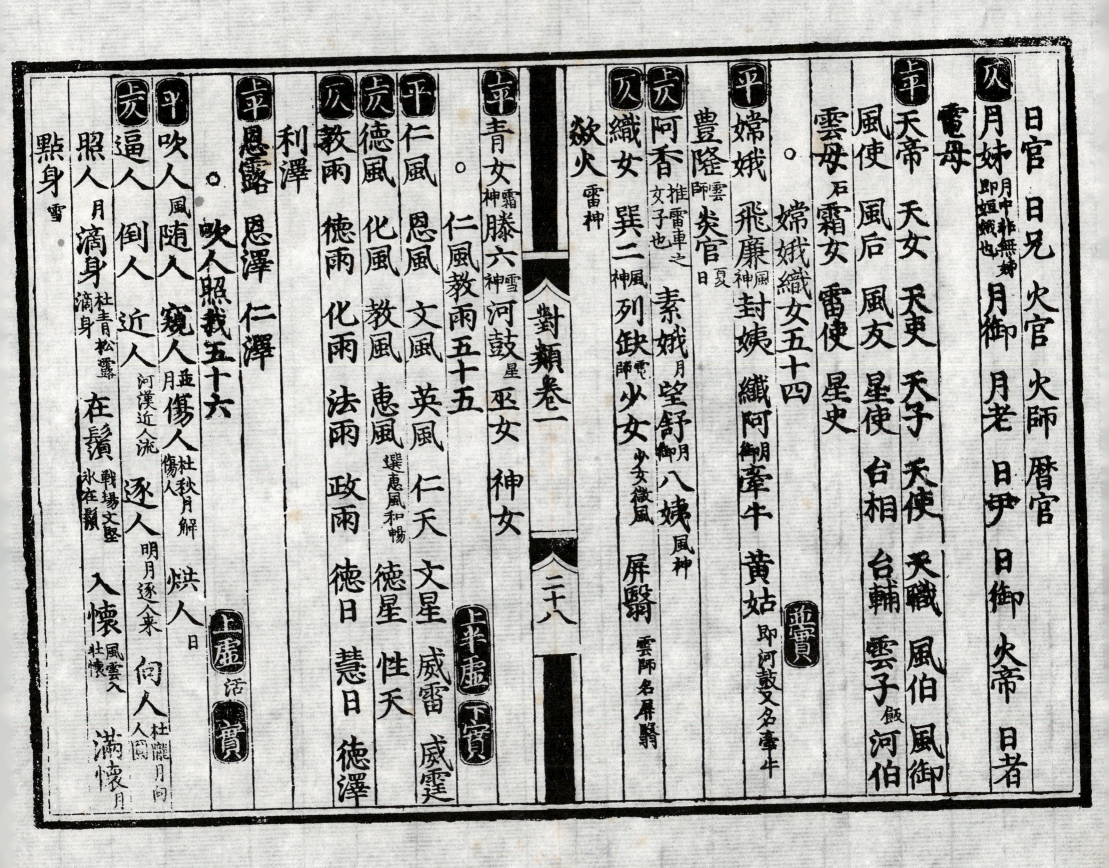

鼎身 雷

〔六〕鼎人 月滿身（滿杜身青松霧） 在鏡（水晶鏡珠文星） 人傑（地靈杜鳳人） 滿（少年人日）

〔七〕遠人 佃人 近人（河漢近流） 逐人（明月逐人來） 向人（入簾杜隨月向）

〔八〕吹人（風） 隨人 寬人（月照） 傷人（杜人秋月傷） 戕人（日） 〔十三讀〕 〔讀〕

○ 鼎人 鼎數五十六

〔十七〕恩澤 恩澤 仁澤

利澤

〔九〕散雨 施雨 化雨 法雨 政雨 施日 慕日 施澤

〔十〕德風 化風 教風 惠風（雙高風清物） 施星 佳天

〔十〕仁風 恩風 文風 英風 仁天 文星 威雷 威靈

○ 仁風 教雨 五十五

〔十一〕青女（神霜） 滕六（神雪） 河鼓（星） 巫女 神女 〔十二讀〕 〔讀〕

對類卷一 二十八

燧火（雷神）

〔八〕織女 星二（神風） 列缺（神電） 少女（少女風） 屏翳（雲師名屏翳）

〔十九〕阿香（推雷車之女子也） 素娥（月） 望舒（月神） 八娥（風神）

豐隆（雷師） 炎官（日） 夏（神）

〔廿〕常娥 飛廉（風神） 封姨 纖阿（月御） 黃姑（即河鼓又名牽牛）

○ 常娥 織女 五十四 〔讀〕

雲英（石霧） 文 雷使 星文

風便 風后 風丈 星使 台相 岳 雲子（嶽） 河伯

〔廿一〕天帝 天女 天吏 天子 天使 天職 風伯 風御

雷母

〔廿二〕月姊（即月中嫦娥） 月御 月老 日母 日御 火帝 日者

日官 日兄 火官 火師 曆官

【仄】照我月在手（掬水月在手）　滿目（滿目飛明鏡月也）　掠面（風）　破肉（杜歲晏風破肉）

没脛（雪）

【上平】吹鬢　生面（風盃）　催客（秋風）　吹面（吹面不寒楊柳風）

【人事】。登天步月五十七（與地理門登山涉水互用）　【上虛】活【下實】

【平】登天　觀天　升天　擎天　乘雲　登雲　耕雲　眠雲

觀雲　凌雲　書雲　披雲　朝風　臨風　當風　吟風

擔風（春宴曲江握月擔風）　乘風　藏氷　敲氷　開氷　凌霄　干霄

書空　棲霞

【上仄】幕天（退幕天席地）　仰天　問天　祝天　對天　倚天○　覲天

拜天　望霓（若大旱望雲霓）　戴星（巫馬期治單父戴星而出戴星而入）　摘星　履霜

御風（列子御風而行）　倚風　櫛風　望風　飲氷　卧氷　履氷

步蟾　作霖　待霖

【仄】步月　待月　對月　賞月　翫月　向月　望月　看月

詠月　酹月　握月　拜月　借月　弄月　卧月　帶月

載月　踏月　戴月　問月　釣月　酌月　泛月　就月

指月　嘯月　曝日　對日　向日　測日　貫日　近日

望日　就日　指日　洗日　取日（狄仁傑取日虞淵洗光咸池）　負日

弄日　望雨　冒雨　帶雨　禱雨　沐雨　閔雨　賞雪

禱雪　詠雪　映雪　踏雪　冒雪　嚙雪　卧雪　戴雪

釣雪　掃雪　翫雪　煑雪　立雪　泛雪　對雪　帶雪

滴露　吸露

【上平】觀月　依月　招月　延月　邀月　乘月　隨月　行月

遊月　乘雨　祈雨　鋤雨　耕雨　祈雪　行雪　觀雪

衝雪　披雪　吟雪　看雪　烹雪　披霧　衝霧　研露

衝雪　披雪　吟雪　看雪　烹雪　披霧　衝霧　研[illegible]

迓月　乘雨　祈雨　御雨　耕雨　衝雪　行雪　觀[illegible]

【平】觀月　依月　招月　延月　邀月　乘月　隨月　行月

滴露　吸露

釣雪　掃雪　踏雪　煮雪　立雪　浴雪　對雪　帶雪

積雪　詠雪　映雪　踏雪　冒雪　迎雪　臥雪　藏雪

弄日　望雨　冒雨　帶雨　禱雨　沐雨　閱雨　賞雨

望日　就日　指日　浴日　取日　[illegible]　貫日

拍月　嘯月　曝日　對日　向日　測日　貫日　近日

戴月　踏月　戴月　問月　釣月　酌月　汲月　就月

詠月　酌月　握月　拜月　借月　弄月　臥月　帶月

【仄】步月　待月　對月　賞月　讀月　向月　望月　看月

步霧　作霧　待霧

御風（[illegible]）　何風　擁風　望風　敲冰　臥冰　履冰

拜天　望霓（大旱望雲霓）　戴星（[illegible]）　摘星　履霜

【仄】幕天（幕天席地）　仰天　問天　祝天　對天　倚天　觀天

書空　棲霞

搖風（[illegible]）　乘風　藏冰　敲冰　鑿冰　凌霄　干霄

觀雲　凌雲　書雲　披雲　朝風　臨風　當風　吟風

【平】登天　觀天　升天　擎天　乘雲　登雲　耕雲　眠雲

【入聲】○　登天步月五十七（[illegible]）

【平】吹簫　生風（[illegible]）　攜春（[illegible]）　吹面（[illegible]）　【上去】[illegible]　【平】

汲[illegible]（雪）

【仄】照我（月）　往手（[illegible]）　滿目（[illegible]）　撲面（風）　砭肉（[illegible]）

乗露 朝日 依日 觀日

。愁雲喜雨五十八

平 愁雲 愁霖 愁天 悲風 驚霜 思霖 驚風 驚颷 上虛 活 下實

驚雷 驚霆

上仄 望霖 喜風 怕風 阻風 苦風 怒風 怨雷 懼雷

喜霜 畏天

仄 喜雨 怕雨 阻雨 苦雨 怨雨 惡雨 望雨 怕雪

愛日 泣露 畏日 愛月 喜月

上平 咨雨 思雨 愁雨 悲雨

。風號露泣五十九 上實 下虛 活

平 風號 風吟 風悲 風傷 風欺 霜欺 雲吞 雲愁

上仄 雨欺 雨摧 雨淋 雪欺 露啼

仄 露泣 露沐 雨慫 雨臥 檻叢雨臥花 雨泣 雨困 雨沐

雨苦 雨阻 雨妬 雪拚 霧慘

上平 風厲 風折 風刮 風吼 風惡 風疾 風怒 雷怒

雷厲 霜慘 霜倒 霜倒半池蓮 烟慘 雲慘

身體 。雲頭雨脚六十 平實

平 雲頭 雲膚 雲心 雲無心而出岫 雲容 雲情 天心 月到天心處

天形 天形如倚蓋 天姿 天容 天顏 霜毛 霜容 烟容

氷容 虹腰

上仄 雪膚 雪肌 雪容 日頭 月眉 雨毛 雨膏 春雨如膏

仄 雨脚 雨足 雨淚 雨腋 日脚 日角 日表 月面

月脅 月脚 霧脚 露脚 雪脚 電脚

上平 霞脚 雲脚 雲表 風脚 天角 天眼 天表 天耳

【上平】霞脚 雲表 風脚 天角 天眼 天表 天耳
月窗 月脚 霧脚 露脚 雪脚 雷脚
【仄】雨脚 雨足 雨淚 雨散 日脚 日角 日表 月面
【去平】雪膚 雪肌 雪容 日頭 月眉 雨毛 雨膏 膏義兩收
氷容 虹腰
天形 天形如倚蓋 天姿 天容 天顏 霜毛 霜容 烟容
【平】雲頭 雲膚 雲心 雲無心而出 雲容 雲情 天心 復見天心
【平仄】。雲頭雨脚六十
雷驚 雲態 霜倒 霜倒半池蓮 【去平】烟態 雲態
【上平】風厲 風折 風剪 風吼 風惡 風疾 風怒 雷怒
雨苦 雨阻 雨妬 雲拼 霧捲
【仄】露泣 露沐 雨徹 雨歇 讒歡雨如花 雨泣 雨困 雨沐

【去仄】雨散 雨摧 雨淋 雲散 露滴
【平】風號 風令 風悲 風攪 風散 霜散 雲吞 雲愁 【上去】
。風號露泣五十九
【上平】谷雨 思雨 愁雨 悲雨
愛日 泣露 畏日 愛月 喜月
【仄】喜雨 怕雨 阻雨 苦雨 愁雨 惡雨 望雨 怕雪
喜霽 畏天
【上去】望霽 喜風 怕風 阻風 苦風 惡風 愁雷 懼雷
驚雷 驚霆
【平】愁雲 愁霖 愁天 悲風 驚雷 畏霖 驚風 驚飈
。愁雲喜雨五十八 【上去】 【仄】
乘霽 朝日 修日 曝日

○無聲有韻六十一 【上虛】死【下半實】

【平】無聲（潤物細無声） 無心 無情 無光 無端（詞無端皓月） 無言

無形 無垠 多情（春風太多情） 何心

【去】有聲 有明 有光 有情 不情 不言

【入】有韻 有影 有暈 有彩 有色 有約 有意 有證

有焰 有耀 有信 有恨 有爛

【上平】多彩 多瑞 無意 無影 無恨 無賴 無臭 無色

無翳 何意 無約

【聲色】○青天白日六十二（與地理門青山綠水互用）【上半實】【下實】

【平】青天 蒼天（彼蒼者天） 蒼霄 青霄 丹霄 彤霄 青冥

蒼冥 蒼穹 蒼空 蒼旻 丹穹 皇穹 青雲 蒼雲

彤雲 黃雲 紅（工）雲 烏雲 青烟 蒼烟 丹霞 紅（工）霞

朱霞 丹虹（工） 清風 清蟾 清飈 清霜 清冰 紅塵

黃塵 黃埃

【去】碧天 碧穹 碧空 碧虛 碧霄 絳霄 紫霄 紫微

紫虛 紫雲 綵雲 白雲 黑雲 綠雲 碧雲 碧烟

翠烟 素烟 紫烟 紫霞 絳霞 綵霞 素霜 黑風

素蟾（月） 白虹（工 歐陽書白虹貫日） 彩虹（工 李双橋落彩虹）

【入】白日 赤日 素月 皓月 素魄 白露 白雪 皓雪

碧落 碧漢 翠靄 碧靄 翠霧 黑霧 紫霧 紫電

紫極 赤電

【上平】紅（工）日 紅（工）照 青靄 青日 蒼靄 紅（工）雨（杜花乱落如紅雨） 黃霧

紅（工）霧（塵也蘇詩飛埃結紅霧） 清霧 清露 清吹 清漢

蒼漢 丹漢 紅（工）電

蒼漢　丹漢　紅電
紅霧（應也蘇詩飛英落紅霧）　清霧　清露　清光　清漢
【平】紅日　紅照　青靄　青日　蒼靄　紅雨（紅雨桃花亂落如紅雨）　黃霧
紫極　赤電
碧落　碧漢　翠靄　碧靄　翠霧　黑霧　紫霧　紫電
【仄】白日　赤日　素月　皓月　素魄　白露　白雪　皓雪
素蟾（月）　白虹（白虹貫日鄒陽書）　彩虹（虹李白詩彩虹蔽天）
翠烟　素烟　紫烟　紫霞　絳霞　綵霞　素靄　黑風
紫虛　紫雲　絳雲　白雲　黑雲　綠雲　皓靄　碧烟
【仄】碧天　碧穹　碧空　碧虛　碧霄　絳霄　紫霄　紫微
黃塵　黃埃
朱霞　丹虹　清風　清籟　清飈　清霜　清冰　紅塵
紫雲　黃雲　紅雲　烏雲　青烟　蒼烟　丹霞　紅霞
蒼冥　蒼穹　蒼空　蒼旻　丹穹　皇穹　青雲　蒼雲
【平】青天　蒼天　蒼天（彼蒼者天）　蒼霄　青霄　丹霄　彤霄　青冥
【半虛】○　青天白日六十二（與光爭門青山綠水共甫）　【上半實】【下半實】
無聲　何意　無約
【平】多彩　多端　無意　無影　無限　無顏　無臭　無色
【仄】有焰　有耀　有信　有限　有瀾
【仄】有韻　有影　有暈　有彩　有色　有約　有意　有戀
有聲　有明　有光　有情　不情　不言
無形　無限　多情（春風太多情）　何心
【平】無聲（無聲詩畫）　無心　無情　無光　無端（向無端月）　無言
○　無聲有韻六十一　【上虛】又【下半實】

○天青月白六十三 與地理門山青水綠互用 【上實】【下半實】

【平】天青 天蒼 穹蒼 霞紅 雲黃 煙青 風清 氷清

霜清 河清

【仄】日紅 霧黃 露清

月白 月黑 月黑見梨花 雪白 露白 漢碧 電赤 電紫

霜白 雲白 天白 天碧 空碧 雲黑 雲碧 烟碧

烟白 烟素 烟紫 選烟光凝而暮山紫 烟翠 霞赤 霞紫 氷白

○風光日色六十四 與地理門山光水色互用 【上實】【下半實】

【平】風光 風聲 風威 風姿 風儀 蟾輝 蟾光 星光

星暉 霜華 霜痕 霜威 氷澌 氷痕 氷姿 氷漿

烟光 烟痕 雷聲 雷威 天威 天資 天光 天聲

天聰 天衷 霆威 雲情

【上仄】日光 日輝 日華 月光 月華 月輝 月痕 雪華

雪威 雪澌 雪聲 雪光 雨聲 雨痕 露華 露痕

電光 電威 霰聲

【仄】日色 日氣 日暈 日晷 日影 月影 月暈 月色

月彩 月魄 雪色 雪片 雪意 雪態 雪信 雨意

雨信 雨態 雨勢 雨陣 雨點 露氣 露影 露點

霧氣 電影

【上平】雲意 雲勢 雲陣 雲色 雲氣 雲影 雲片 風色

風陣 風韻 風氣 風勢 風力 風信 霜信 霜氣

霜意 霜力 蟾影 蟾魄 天色 天勢 天表 氷彩

氷片 氷影 天影 天質 天性 天意 天氣 天命

星點 星暈 星彩 虹彩 虹影 霞彩

星點 星暈 星彩 虹彩 虹影 霞影
冰片 冰影 天影 天質 天性 天意 天氣 天命
霜意 霜力 蟾影 蟾魄 天色 天勢 天表 冰彩
風陣 風韻 風氣 風勢 風力 風信 霜信 霜氣
雲意 雲勢 雲陣 雲色 雲氣 雲影 雲片 風色
露氣 露影
雨信 雨腳 雨勢 雨陣 雨點 露氣 露影 露點
月彩 月魄 雲色 雲片 雲意 雲態 雲信 雨意
日色 日氣 日暈 日魄 日影 月影 月暈 月色
雷光 電威 霹聲
雪威 雪勢 雲聲 雪光 雨聲 雨痕 露華 露痕
日光 日輝 日華 月光 月華 月輝 月痕 雲華

天機 天衷 雲情
烟光 烟痕 雷聲 雷威 天威 天資 天光 天聲
星輝 霜華 霜痕 霜威 冰澌 冰痕 冰紋 冰澌
風光 風聲 風威 風姿 風韻 蟾輝 蟾光 星光
〇 風光 日色 六十四
烟白 烟素 烟紫 烟翠 霞赤 霞紫 冰白
霜白 雲白 天白 天碧 空碧 雲黑 雲碧 烟碧
月白 月黑 雪白 霧白 霞赤 雪紫
日紅 霧黃 露清
霜清 河清
天青 天蒼 宵蒼 霞紅 雲黃 煙青 風清 冰清
〇 天青 月白 六十三

○光輝彩魄六十五

〔平〕光輝 光華 光芒 輝華 輝光 輝躔 〔並半實〕聲音 顏容

精神

〔去〕晷躔 氣形 性情

〔入〕彩魄 氣醆 氣色 氣魄 氣象 氣數 氣運 氣力

氣勢 勢力 景氣 景象 態度 信息 晷度 度數

〔上〕光燄 光彩 光耀 顏色 精采 躔度 威勢 形氣

形影 形体 形色 消滴 芒燄 聲臭 聲色 聲韻

聲影 聲氣

○呈祥散彩六十六 與時令門生寒布醆互用 〔上虛〕 活 〔下半實〕

〔平〕呈祥 雪揚輝 秋月揚明輝 增輝 生輝 流輝 爭輝 騰輝

交輝 含輝 凝輝 搖光 增光 垂光 交光 飾光

容光 騰光 浮光 凝陰 流光 生光 含光 爭光

移陰 成陰 成文 成章 為章 垂芒 生明 收聲

舒華 流澌 鋪華

〔去〕發聲 送聲 風並吐輝 散輝 光並月薦祥 漏光 散光

〔入〕散彩 散影 弄影 張子野詞雲破月來花弄影 轉影 掛影 月激響

發響 擢景 著象 日月薦瑞 秉曜

〔上〕揚彩 垂彩 飾影 含影 舒影 移影 含耀 生魄

呈瑞 星舒彩 月

○光浮影轉六十七 與花木聲色二門互通 〔上半實〕〔下虛〕 活

〔平〕光浮 風光草際浮 光舒 光搖 光騰 光生 光流 光凝

光飛 光涵 輝生 輝揚 輝流 輝聯 輝騰 陰移

陰鋪 陰生 聲傳 聲轟 聲來 聲沉 聲稀 痕消

陰誥 陰生 賷傳 齎 齎來 賷沉 賷滯 須消
光飛 光溢 輝生 輝鳴 輝流 輝照 輝陽 陰勢
光浮 鳳光章京浮 光合 光義 光騰 光生 光流 光義
○ 光浮 影轉 六十七 二頁門五本讀吉書 上平聲 下
呈湛 呈舒 彩 月
平 暢彩 樂彩 畔影 合影 舒影 發影 合輝 生照
發響 攏景 齊象 日曰 語鳥 王 春象 鶯
散彩 散影 手影 月東 散響 轉影 激響
歎蕭 淺蕭 風吐 輝 鴛 嘯 庶光 散光
合華 流浒 合華
浩陰 流浒 成文 成章 高章 垂空 生明 次聲
浮光 隱光 浮光 美隱 流光 生光 合光 合光

韻 卷一 三十三

交輝 合輝 淡輝 清光 增光 交光 師光
平 呈祥 揚輝 輝映 生輝 流輝 合輝 師輝
○ 呈祥 散彩 六十六 上平聲
賷影 賷氣
形影 形林 形色 消滴 空微 賷身 賷色 聲韻
平 光彩 光彩 光輝 頌色 精來 通度 風勢 形氣
氣勢 勢力 景象 景象 能度 言息 勢度 度數
六 氣彩 氣彩 氣嗡 氣象 氣數 氣運 氣力
六 彩影 彩光 形影 進 清
精神
平 光輝 光華 光輝 輝華 輝光 輝曜 賷音 韻容
○ 光輝 影嗡 六十五 上平聲

澌流

[上去]影搖　影移　影舒　影涵　影隨　影沉　影穿　影斜

影横　彩浮　氣升　氣垂

[入]影轉　影射　影散　影倒　影過　影透　影動　影蘸

色動　色静　色轉　彩散　魄散　蔭徙　氣入　氣散

氣聚

[去平]聲歇　聲震　聲減　光鎖　光轉　光動　光散　光射

光映　光照　光透　光徹　光蔽

。清光淡影六十八（與時令門寒光橫色互用）[上虚]死[下半實]

[平]清光　餘光　清暉　斜暉　明輝（秋月揚明輝）　潛輝　澄輝

濃陰　餘陰　層陰　微陰　清音　清聲　新聲

[上去]薄陰　積陰　素輝　細聲　碎聲

[入]淡影　綫影　倒影　麗景　短景　落景　倒景　爽氣

殺氣　正氣　顥氣　細韻　雅韻　烈熖　正色　細點

碎點　亂點　密點　素液　瑞彩

[去平]踈影　斜影　清影　餘影　微影　孤影　殘影　清景

脩景　殘魄　餘魄　清蔭　餘蔭　清閟　清氣　清籟

踈韻　清韻　幽韻　餘韻　踈點

。光清色潤六十九 [上半實][下虚]死

[平]光清　光斜　光微　陰清　陰濃　陰踈　涼多　涼清

聲輕　聲微　聲清　聲低　聲頻　芒寒

[上去]氣清（蘭池夏氣清）　氣澄　氣和　氣高　影稀　影清　影浮

影低　影孤　影圓　影偏　影微　彩濃　點踈　點稀

魄圓　影横　影移

影圓 影橫 影發
影依 影斜 影圓 影梧 影微 影漾 點疎 點餘
上仄 氣清 薄羽衣裳影寒 氣逡 氣和 氣高 影轉 影清 影浮
聲輕 聲微 聲清 聲依、聲煩 芳寒
平 光清 光斜 光微 陰清 陰濃 陰疎 涼姿 涼清
。光清色潤六十九 上平 下平
東韻 清韻 幽韻 餘韻 疎點
情景 殘曉 餘曉 清陰 餘陰 清陰 清氣 清韻
去平 疎影 斜影 清影 餘影 微影 殘影 殘影 清景
碎點 亂點 深點 素波 瑞彩
散氣 正氣 韻氣 細韻 雅韻 烈焰 正色 細點
仄 淡影 殘影 倒影 靈景 短景 落景 倒景 爽氣

上仄 薄陰 積陰 素輝 細響 碎響
濃陰 餘陰 層陰 微陰 清音 清響 新響 澹響
平 清光 餘光 清輝 斜輝 明輝 明林暗栖 清輝 澹輝
。清光淡影六十八 [illegible] 上去 下平
光映 光照 光送 光微 光瀲
去平 濃照 聲賣 聲濃 光鎖 光轉 光動 光散 光射
濃葉
色斂 色靜 色轉 響散 鳥散 陰散 氣人 氣散
仄 影轉 影射 影散 影倒 影過 影送 影動 影飄
影橫 彩浮 氣升 氣轉
仄 影搖 影移 影含 影遊 影隨 影沉 影升
遊流

仄 色潤 色瑩 色爽 色皓 色淡 色薄 色正 氣肅
氣爽 影淡 影正 影昃 影密 點細 點密 點碎
影倒
上平 光淡 光爛 光滿 光素 光薄野潤烟光薄 光缺 聲寂
聲細 聲碎 聲斷 聲遠
方隅
○東風北斗七十輿地理門南靣北狄互用 上半虛 下實
平 東風春風 南風夏 西風秋 西庚詩西有長庚金星也 南箕詩維南有箕 中星
南薰 西天 中天 西飈
上仄 北風 朔風並冬風 上天 北辰語譬如北辰
仄 北斗七星 北極北辰 北陸夏日行北陸 朔吹北風 北雪 朔雪
上平 東日 西日 南斗六星 西月月生於西方 南雪 南陸冬日行南陸
東壁 東井 南日 西極 南極 西火七月火西流 東月

西照日西落返照也 西柄
○風南斗北七十一 上實 下半虛
平 風南薰風自南来 箕南
上仄 日西 日南 日東 月西
仄 斗北 日北 地下
上平 星北 天上 天北 天下
○生東拱北七十二 上虛 活 下半虛
平 生東日 生西月 流西心星 沉西落日 躋西虹 從西 傾西天傾西北
行南 升東
上仄 指南夏斗 指東春斗 指西秋斗 在東詩三星在東 出東日 聚東 自南
仄 拱北星 指北冬斗 仰北星
上平 傾北天 維北維北有斗 環北 居北

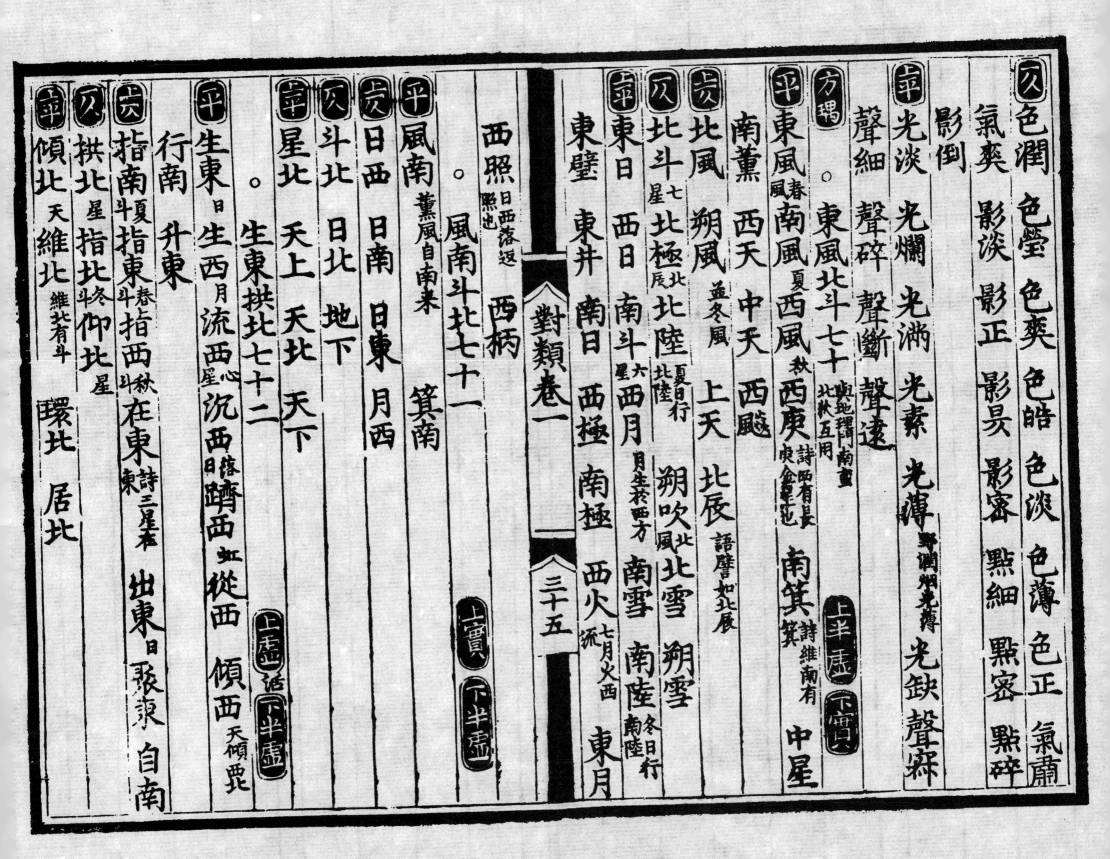

【平】頒北 天 維北 雜北斗 寰北 居北
【仄】拱北 星 指北 斗杓 仰北 星
【去】指南 斗柄 指東 斗杓 指西 斗柄 在東 詩三星在 出東 日 豫涼 自南
行南 斗東
【平】注東 日 注西 月 流西 星入 沉西 日落 轉西 虹 從西 碩西 天河 兆
。注東 拱北 七十二
【平】星北 天上 天北 天下
【仄】斗北 日北 地下
【去】日西 日南 日東 月西
【平】風南 薰風自南來 箕南
。風南 斗北 七十一
西照 照日西落 西酒

東壁 東井 南日 西極 南極 西火 流火 東月
【平】東日 西日 南斗 西月 南雲 南陸
【仄】北斗 星北 北極 北辰 北陸 北陸 夏日 朔風 北雲 朔雪
【去】北風 朔風 上天 北夜
南薰 西天 中天 西風
【平】東風 南風 西風 西風 南箕 中星
。東風 北斗 七十
【去】聲細 聲碎 聲斷 聲遠
【平】光淡 光爛 光滿 光輝 光燦 光映 聲遲
影迴
氣爽 影淡 影正 影長 影密 影細 影斜
【仄】色斷 色豔 色爽 色暗 色淡 色嬌 色正 氣肅

上平 下平

。東升北指七十三（東流北拱[illegible]）

【平】東升（日月）　西沉　西斜　西頹（日落）　南來（風）　西流（大火西流）　西來　【上半虛】【下虛】活

南訛（書平秩南訛）　西傾　西成

【上仄】左旋（天道左旋）　上升　上騰　下墜　北傾

【仄】北指（斗）　北拱（星）　右轉（日月五星右轉）　下降（天氣下降）　北至（日）　朔易

【上平】西揭（斗杓）　南指　東上　南至（仲冬日南至）　西墜　西没　西指

西去（日月）　東作（仲春平秩東作）　東指

【數目】

。雙星片月七十四

【平】雙星（牛女星也）　三辰（日月星）　三星　繁星　群星　孤星　【上虛】死【下實】

孤蟾　孤雲　重霄　三台（魁下六星兩兩相比曰三台）　三霜（三霜相楚户砧三年也）

【上仄】一天　九天　半天　二天　九霄（風鵬翮九霄）　兩儀（天地）　衆星

五星（金木水火土）　七星（北斗）　列星　一風　八風（八方之風）　五風

五辰　寸雲　五雲（五色雲）　片雲　朵雲　五行（金木水火土）

【仄】片月　半月　一兩（十日一兩）、十兩（五風十兩）　列曜　一氣

兩曜（日月）　二氣（陰陽）　一紀　尺雪（豐年雪盈尺）　九曜（太陽太陰金木水火土紫炁太乙星謂之九曜）

七政（日月五星也）　七宿　列宿　一日　一月　四象　萬象

【上平】三極（天地人）　孤月　彎月

。三光五色七十五　【上虛】死【下半虛】

【平】三光（日月星）　雙輪（日月）　三才（天地人）　孤輪　重暉（星）　三竿

重光　雙清（風月也）　三分

【上仄】一鈎　一輪　半輪　半規　一規　十分（並月）　一聲　數聲

幾聲　八番　數番　九重（天）　幾重　幾層　一彎（新月）　幾番

一涯（各在天一涯）　一方（望美人兮天一方）

【仄】五色（雲霞也）　一點　數點　幾點　萬點　四合　四起

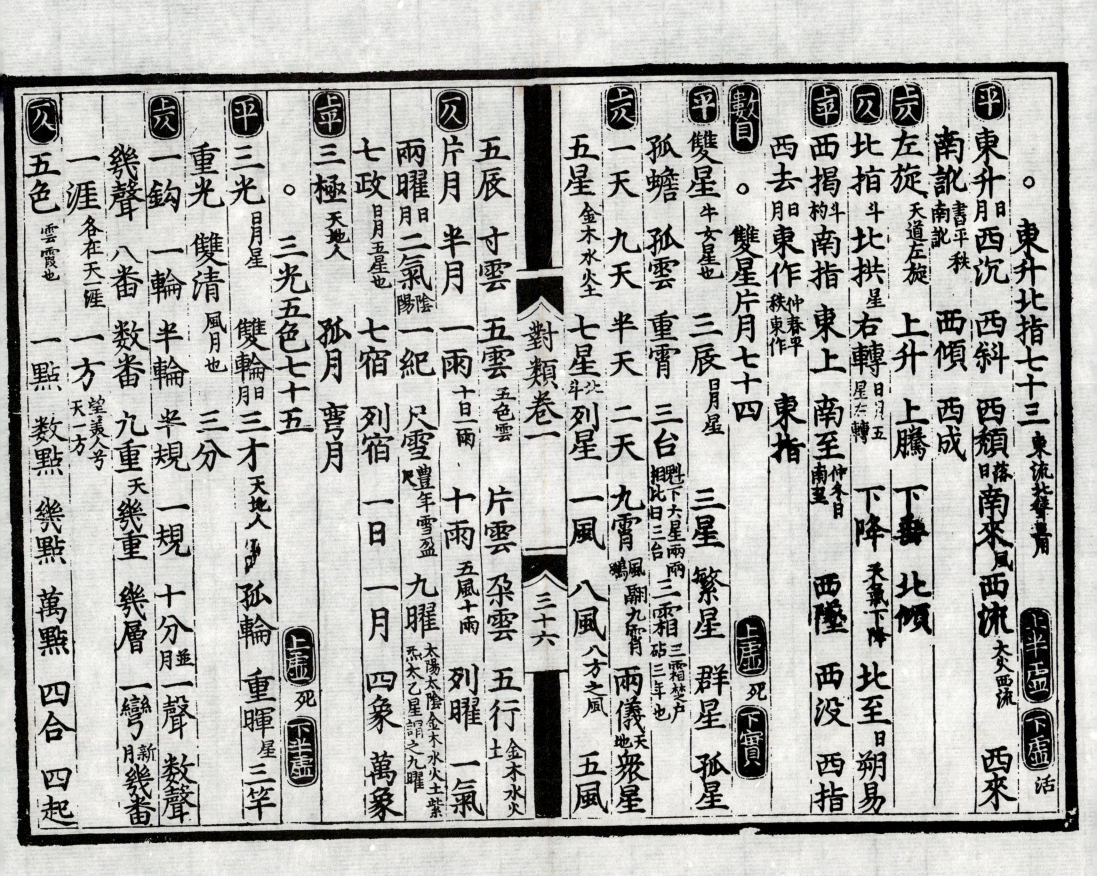

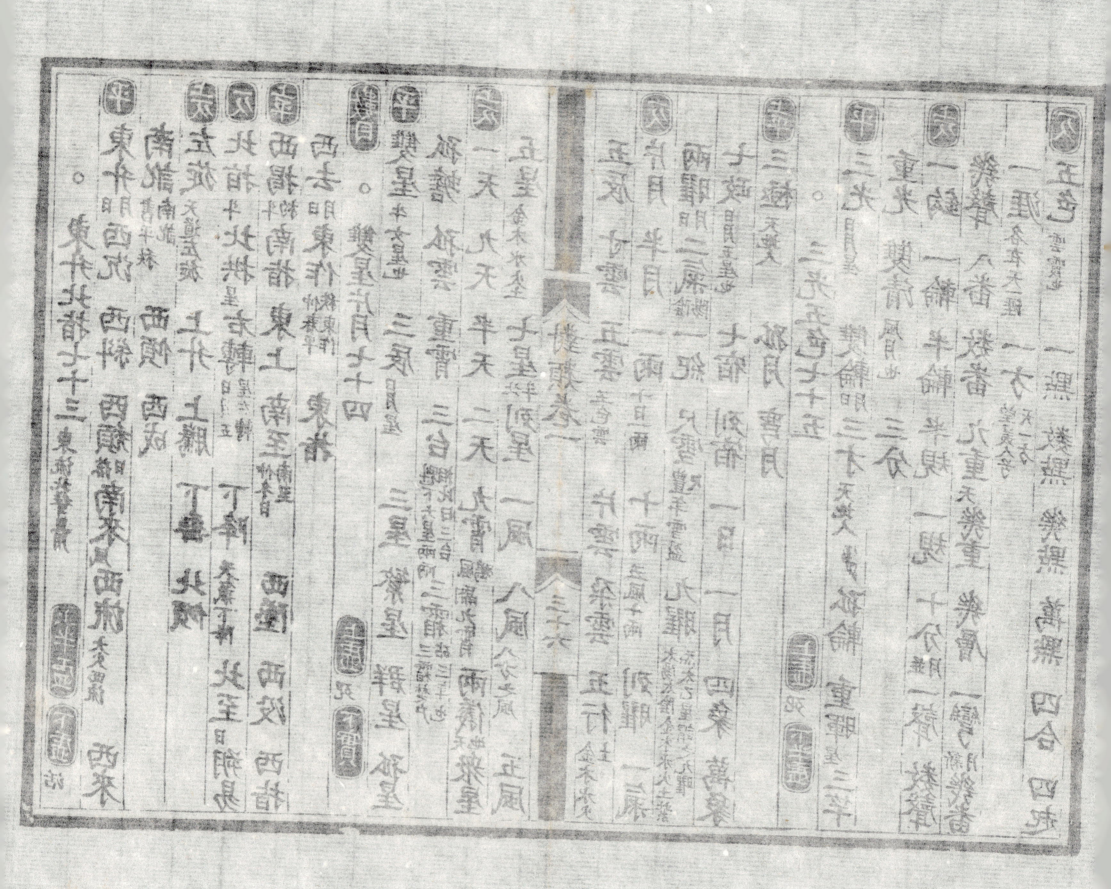

五朶 一陣 幾陣 一縷 幾縷 萬疊 幾疊雲 數陣
一片 五丈虹 一抹 幾抹烟 一色 半點 萬丈 數抹
六出雪
上平 千丈虹 千點雨 千顆露 三白雪
通用 。初升 乍起 七十六 方深未交互用 上虛死 下虛活
平 初升 方升 初消 方消 潜消 才消 方中 方斜
才收 方收 初凝 方凝 初融 方融 將融 方浮
初浮 初沉 初生 方生 將生 潜飄 才飄 將圓
初圓 方圓 仍圓 初弦 初明 初移 將傾 方移
上六 未消 已消 漸消 欲消 欲升 乍升 漸升 未升
漸圓 欲圓 未圓 已圓 正圓 乍圓 向圓 正中
未中 欲斜 未斜 漸斜 已斜 又斜 已沉 欲沉

乍沉 漸沉 乍浮 漸浮 已浮 欲凝 乍凝 漸凝
漸融 欲融 乍融 欲收 已收 未收 乍收 漸收
未晞 白露未晞 漸浮 已浮 乍飄 驟添 已添 正明
已明 未明 漸明 乍虧 漸虧 乍盈 漸盈 既沾
漸高 乍消
入 乍起 已起 欲起 漸起 欲上 未上 已上 欲出
未出 漸出 乍出 欲落 漸落 已落 未落 欲墜
未墜 已墜 乍滿 欲滿 未滿 漸滿 向滿 正滿
漸缺 半缺 乍缺 已缺 已昃 未昃 漸沒 未沒
欲沒 已過 乍過 已降 已結 漸結 欲結 已散
漸散 已泮 欲泮 未泮 乍歛 已歛 乍捲 未捲
漸捲 半捲 已掃 乍掃 乍扇 已郤 乍歇 乍郤

六書統卷一

一東

頓卻 已轉 作轉 既足 作息 未息 未歇 已満

盡落 盡沒 盡散

(平上) 初上 将上 初出 初捲 初過 初轉 将轉 将墜

方墜 初沒 将沒 初結 将結 初満 将満 初缺

将缺 先缺 初息 初合 方泮 将落 将散 初散

初歛 初歇 初起 将起 初動 初扇

。輕敲密洒七十七 長流遠聳互用 (上虛)死 (下虛)活

(平) 輕敲 微敲 輕飄 斜飄 高飄 輕吹 斜吹 微吹

低籠 深籠 輕籠 輕揺 輕含 輕鋪 輕烘 微烘

輕沾 輕穿 輕拖 横拖 横遮 横陳 横堆 高堆

微舒 微含 平鋪 斜穿 輕浮 輕滋 低臨 低垂

深埋 微浸 微沾 深藏

(上仄) 淡籠 半籠 密籠 亂穿 亂飄 暗飄 亂沾 半含

半滋 亂飛 半遮 半横 半收 半開 半藏 淡粧

暗穿 暗傳 暗催 緩移 半侵 密藏 暗藏 亂敲

細敲 淺含 亂堆 亂凋 暗凋

(仄) 密洒 亂洒 密罩 遠罩 密布 遠布 密鎖 半鎖

亂點 亂落 亂惹 密映 薄映 遠映 半歛 遠迊

遠送 直透 半染 半出 淡染 緩轉 半墜 亂舞

暗引 暗度 暗鎖 亂捲 净洗 久照 暗滴 亂滴

(上平) 輕洒 微洒 輕罩 低罩 深罩 微罩 輕拂 低拂

輕點 輕鎖 深鎖 輕擺 輕扇 微扇 輕捲 微捲

斜透 深掩 微掩 斜起 高起 微度 斜度 輕裊

低壓 微現 斜照 低照 高照 輕透 微透 低映

低遲 微現 斜照 低照 高照 輕遠 微遠 低映

斜送 深擫 微擫 斜曳 高起 微度 斜度 輕影

輕照 輕纘 深纘 輕攤 輕扇 微扇 輕擔 微撥

十五 輕酒 微酒 輕草 低草 深草 微草 輕拂 低拂

暗引 暗度 暗纘 亂拂 淨洗 又照 暗滴 亂滴

遠送 直送 半染 半出 淡染 微轉 半墜 亂舞

亂緊 亂落 亂惹 密映 淡映 遠映 半斂 遠迹

八 密酒 亂酒 密草 遠草 密布 遠布 密纘 半纘

細撥 淺合 亂推 亂調 暗調

暗穿 暗傳 暗推 微絞 半侵 密藏 暗藏 亂放

半遊 亂飛 半遮 半橫 半收 半鬧 半藏 淡注

十六 淡籠 半籠 密籠 亂穿 亂飄 暗飄 亂沾 半合

深遲 微淺 微沾 深藏 輕浮 輕遊 低聽 低聲

微舒 微合 平鋪 斜浮 橫遮 橫陳 橫堆 高堆

輕沾 輕浮 輕拖 橫拖 輕合 輕鋪 輕填 微填

低籠 深籠 微放 斜飄 高飄 輕吹 斜吹 微吹

十 輕藏 輕斂 輕斂 密酒 十七 [illegible] 十五 下五

。

初斂 初散 初起 將起 初動 初高

將鉄 先鉄 初沒 初息 初合 古浮 將落 將散 初散

古墜 初沒 將沒 初結 初結 將結 初諧 將滿 初遊

十六 初上 將上 初出 初擻 初過 初轉 將轉 將墜

畫落 畫沒 畫散

贊翁 已轉 年轉 號足 年息 未息 未蹤 已滿

斜射　斜掛　微映　斜映　斜拗（斜脇拗明月）　斜捲　低覆

。吹開洗出七十八（與地理門粧成削出互用）

〔盃蘆〕活

〔平〕吹開　滋開　烘開　推開　衝開　催開　吹来　飛来
飄来　吹殘　吹飛　吹成　粧成　堆成　催成　疑成
銷殘　催殘　飄殘

〔上去〕掃開　折開　捲開　展開（風）　洗開　滴開　點開　拂開
照開　映開　爍開（並日）　送来　捲來　洒來（並風）　拂除（雨）　做成
掃殘（風）　化為（驕陽化為霖）　染成　畫成　濺成　積成　結成
釀成　化成　壓欹　掃除　遞來　裂開　界開

〔入〕洗出（雨洗新秋出）　映出　照出　點出　浸出　釀出　剪出
抹出　捧出　擁出　露出　染出　吐出　做出　滴破
照破　折破　點破　裂破　浸破　碾破　捲破　界破

滴碎　攪碎　濕透　壓透　拂去　捲起　捲散　拂散
捲盡　捲上　送上　送至　約住　約聚　撼落　擺落
透入　釀作　剪作　界斷　隔斷　鎖斷　罩斷　壓斷
折斷　遏住　結就　洒向　凍折　壓盡　落盡　折盡
滴盡　蕩盡　壓折　壓倒　遞至

〔去入〕吹聚　吹倒　吹折　吹起　吹散　吹斷　吹動　吹破
吹落　吹過　吹透　吹發　吹綻　吹去　吹上　吹下
吹出　吹到　吹盡　吹裂　搖動　搖折　搖落　飄去
飄落　飄盡　籠盡　遮盡　收盡　烘破　敲破　滴破
粧作　粧就　收出　鋪出　鋪就　遮斷　敲落　扶起

〔連綿〕。升沉出沒七十九

〔盃蘆〕活

〔平〕升沉　升沉（月日）　虧盈　盈虧　盈虛　高低　縱橫　陰晴　炎涼

〔十一〕什沉泊四盈 盈盈 盈嘔 高攵 潦續 隱精 次京

〔重〕。什沉出發十十九 〔□〕注

搓作 搓就 放出 衝出 衝就 遮斷 殷落 抹

颾落 颾畫 籌畫 遮畫 放畫 挾放 殷放 滴放

吹出 吹回 吹畫 吹發 擂動 擂折 擂落 颾去

吹落 吹過 吹遠 吹發 吹撥 吹折 吹上 吹下

〔十五〕吹聚 吹回 吹折 吹起 吹散 吹斷 吹動 吹放

滴畫 滴畫 歷折 歷回 遮至 歷畫 落畫 折畫

折斷 過住 結就 酒向 東折 鎖斷 章斷 歷斷

送人 釀作 剪作 界斷 隔斷 約發 撒落 擂落

撥畫 撥上 送上 送至 約住 約發 撒落 擂落

滴卒 撥卒 濕送 歷送 拂去 撒起 撥散 拂散

衆放 折放 點放 裂放 浸放 歷放 撈放 界放

捧出 捧出 擁出 霹出 染出 叶出 放出 滴放

〔六〕洗出 颾出 洗出 點出 浸出 釀出 剪出

釀成 化成 歷散 掃除 遮來 裂開 界開 結放

掃發 化遮 樂成 畫成 潑成 積成 結成

照開 映開 燦開 送來 撥來 酒來 撒開 撒開

〔十六〕掃開 折開 撥開 黃開 洗開 滴開 點開 拂開

鎖發 催發 颾發

颾來 吹發 吹飛 吹成 撥成 撞成 催成 凝成

〔十一〕吹開 漁開 撲開 撞開 漁開 催開 吹來 飛來

。吹開洗出十十八 〔□〕注

洋射 洋樹 撒映 洋映 洋拗 洋攩 但攩

生成
【上仄】往來　卷舒　晦明　短長　去留　去来　慘舒（雲）　疾徐
疾遲
【仄】出沒（日月）　聚散　斷續　顯晦（河漢）　隱見（星）　覆載　逆順　動靜
隱顯　出入
【上平】盈縮　盈缺　圓缺（並月）　濃淡（雲烟）　舒卷（浮雲一任閑舒卷）　來往　生長
來去（風）　中昃（日）　疏密　明暗（星月）　消長（陰陽）　長短（夏日長冬日短）　升降
明滅

○吹噓照映八十　【並虛】活

【平】吹噓　吹揚　飄揚　飄搖　摧殘（並風）　薰蒸　飛揚　周流
遮蔵　沾濡　回環
【上仄】播揚　運行（天）　扇揚（風）　發揚　發生（雨露）

【仄】照映　照耀（日月）　點綴（露）　拂掠　動盪　鼓盪　鼓動　長養
長育　閃爍（並風電）　震動　震擊（並雷）　閉塞　點滴　潤澤（雨）、摧折（並風）　臨照
【上平】披拂　噓拂　搖曳　搖落　搖動　飄蕩
飛舞（雪）　輝映（日月）　凝沍　堆積（霜雪氷）　滋養　沾溉（雨露）
沾足（雨）

○輕清皎潔八十一（融和凜冽互用）　【並虛】死

【平】輕清　高明　穹窿　清虛　昭明（並天）　光華（日月）　曈曨（日欲出）
朦朧（月欲出）　滄凉（日初出）　暄和　融和（春日）　惔炎（夏日）　嬋娟
團圓（並月）　森羅　晶熒　熒煌　參差（並星）　昭回（天河）　廉纖　冥濛
霏微（並雨）　滂沱（大雨）　淋淫（久雨）　淋漓（雨）　飛揚　氤氳　飄揚（並雲）　悠揚
稜層（氷）　連翩　繽紛　飄零　雰霏　嚴凝　輕盈　清凉
迷茫（並雪）　零瀼（露）　冲融（春風）　清微（夏風）　紆徐（虹）　凄清　凄凉（並秋風）

沐浴 霏霏 瀟瀟 沖融 清微 紛紛 淒淒 淒涼

披拂 流通 瀟瀟 飄零 零霏 凝嚴 輕盈 清涼

霏微 流行 淋漓 淋漓 淋漓 飛揚 氤氳 飄揚 滂沱

團圓 森羅 晶熒 熒煌 參差 昭回 廉纖 濛濛

朦朧 倉皇 和暄 和暖 瞳瞳 瞳曨

平 輕清 高明 玄黃 清虛 昭明 光華 瞳曨

。 輕清 皎潔 八十一 與和樂同用

仄 活字

平 飛舞 搖曳 流泛 堆積 沾濡

披拂 飄拂 搖曳 搖動 飄蕩 摧折

長養 閃爍 震動 震蕩 閃耀 照臨

仄 照映 照耀 點綴 拂拭 動盪 鼓盪 鼓動 長養

仄 播揚 運行 鼓揚 發生

遮藏 沾濡 回翔 飄揚 推移 飛揚 周流

平 吹噓 吹揚 飄揚 薰蒸

。 吹噓 照映 八十

仄 活

明滅

來去 中昃 晦明 消長 盈縮 升降

盈昃 盈缺 圓缺 盈虧 舒卷 來往 生長

隱顯 出入

仄 出沒 聚散 舒卷 隱見 覆載 逆順 動靜

疾遲

往來 舒卷 晦明 長短 去留 去來 舒卷

生成

蕭騷 虛徐 連綿 漂濡並風雨 嵯峨夏雲 縱橫河漢 徘徊
空濛霧
〔上仄〕晦冥霧 杳冥天 陸離星 欝葱氣 欝蒸夏日 欝陶 照臨日月
〔仄〕皎潔 歷落 磊落星 錯落 隱見 熀燿並星 燦爛
駘蕩 淡蕩春風 料峭春寒 長養南風長養萬物 爽塏秋風 慘栗 慘烈
栗烈 凛冽冬風 涸沍霜雪氷 縹緲 慘淡 靉靆並雲 黯淡
晦暝 髣髴並霧 杳靄烟 散漫 散亂並雪 厭浥厭浥行露
熣燦 霹靂雷 閃爍電 照耀 滴瀝 霢霂 淅瀝雨
偃蹇虹
〔上平〕繚繞 溶洩雲 和暢 蕭颯 蕭瑟 蕭索 清爽並風
遼亮 空闊並天 清淺河漢清且淺 澄徹 明皎並月 清切露 優渥
寥廓河 滂沛大雨 銷鑠日 蒸濕雨 撩亂雪 明媚 妍靡並春日

沾足雨 凄切 凄慘
○油然沛若八十二
〔並虛〕死
〔平〕油然雲 昭然日月 紛然雲雪 凄兮霜露 薰兮 溫兮 溫乎並風
〔上仄〕藹然 颯然並風 沛然雨 黯然雲 湛然露 赫然日 爍然星月
皎兮月 起兮風 殷其雷 穆如風 凛然風冷 皎然月
〔仄〕沛若雨 皎若星月 粲若星 炳若星月 凛若霜 爛若霞 溺若雪霧
拂是風 倬彼雲漢
〔上平〕披是 吹彼並風 紛若雪 昭若日月 高矣天 凄矣露
○蒼蒼皎皎八十三
〔並虛〕死
〔疊字〕
〔平〕蒼蒼 昭昭 高高 恢恢並天 融融春日 炎炎夏日 淒淒秋日 娟娟
溫溫冬日 明明 團團 亭亭並月 彎彎新月 熒熒 輝輝 煌煌並星
輕輕夏風 微微 薰薰風 蕭蕭冬風 陰陰雲 飄飄 斜斜 淋淋

輕輕風夏微微　薰薰風冬陰陰雲　颶颶　針針　淋淋
溫溫日冬明明　團團　亢亢日並鸞鸞月新焱焱　霹霹星並湮湮
蒼蒼　昭昭　高高　快快天並蹤蹤日春炎炎日夏冀冀日秋婧婧
（平）蒼蒼。蒼蒼晈晈八十三
（上平）彼彼叹篌篌風並紛紛若若雲昭昭月若若月日高高美美天實實美美露
梯梯昊昊風惶惶彼彼雲晈晈
（入）沛沛昔昔雨晈晈若若月星桑桑若若星栖栖若若月星漂漂若若雷襴襴昔昔實福福若若雲露
（去）晈晈兮兮月鼓鼓兮兮風般般其其雷稀稀如如風漂漂淼淼絲風晈晈淼淼月
（平）蕭蕭淼淼颶颶淼淼風並沛沛淼淼雨顯顯淼淼雲漾漾淼淼露恭恭淼淼日漾漾淼淼星月
油油淼淼雲昭昭淼淼月日紛紛淼淼雲漾漾兮兮雲露薰薰兮兮溫溫兮兮溫溫平並風
。油淼沛若八十二
（上）沾戾雨凌切凄僚　（溫）兆

霖霖雨凜凜雨沛沛大雨霖霖日霖霖雨淼淼雷明明嫺嫺好好露露並春日
遠遠亮亮天並空空闊闊天並清清淩淩河漢清且淺凝凝漾漾淹淹明明晈晈月並清清切切雷雲漫漫漫
（去）纔纔燒燒潑潑淹淹雲和和喝喝蕭蕭颯颯蕭蕭蕭蕭蕭蕭潺潺清清爽爽並風
偃偃寒寒並
雉雉溽溽霧霧霏霏雷閃閃樂樂雲雰雰耀耀渦渦漉漉雨霰霰淙淙淅淅漉漉雨
喳喳嘖嘖鬐鬐霪霪並雲杳杳霖霖雨霧霧散散漫漫散散亂亂雲並霹霹潟潟霈霈雪行雲
雲雲颯颯漂漂漂漂風冬渦渦漉漉霖霖雪水滾滾淅淅慘慘淡淡雲霆霆雲並霧霧淡淡
騷騷滿滿澀澀渦渦風春米米消消霧雲長長秀秀霧雨霜霜風秋秦秦變變電電風秋慘慘雲累累慘慘冽冽
（入）晈晈漾漾霞霞落落星淼淼落落星澀澀落落露隕隕見見星霓霓星並漾漾燭燭
（上）瓣瓣真真霧天香香真真雲天隆隆星蒸蒸日昊霸霸隨隨月日聯聯嗚嗚日月
空空漾漾霧
蕭蕭颯颯靄靄倫倫連連緣緣雲漾漾漾漾並風雲雲雲夏雲雲颯颯雲雲雨雨

班班 纖纖 霏霏 濛濛 冥冥(並雨) 漫漫 英英(雪) 溶溶
雱雱 瀼瀼(露) 泠泠(雨) 轟轟(雷) 疎疎 颼颼(風) 祈祈 零零
悠悠 填填(雷) 吹吹(風) 飛飛(雨) 皚皚(雪) 層層(冰) 浮浮(雨雪)
稜稜(霜氣) 遲遲(春日)

仄 皎皎(月) 穆穆(風) 杲杲(日) 赫赫(夏日) 皜皜(秋日) 烈烈(冬風) 粲粲 黕黕
皓皓(並星) 耿耿(星河) 習習(春風) 剪剪 細細 拂拂(並風) 颯颯 瑟瑟
淅淅(秋風) 凛凛(冬風) 淡淡 漠漠 冉冉(並烟) 靄靄(雲) 洩洩 瀝瀝
黯黯(雲) 郁郁(慶雲) 簌簌(雪) 湛湛(露) 密密(雨) 虩虩(雷) 滴滴(雨) 隱隱
曄曄(電) 漾漾(河) 獵獵(風) 冪冪(雲) 虺虺(雷) 欝欝 嫋嫋

三字 ○ 會風雲依日月 八十四

平 會風雲 震雷霆 吐雲煙 調陰陽 射斗牛 凛風霜
吐虹霓 望雲霓

仄 依日月 披雲霧 作霖雨 佇日月 凝霜雪 吞宇宙
見天日 凌霄漢

○ 霧如雲天似水 八十五

平 霧如雲 月如霜 水如冰 霧如烟

仄 天似水 日如火 月如水 雨如霧 霜似雪

○ 啓蟄雷賓鴻月 八十六

平 啓蟄雷 退鷁風 斷鴈風 從龍雲 搏鵬風

仄 賓鴻月 飛烏月 鳴鳩雨 飛鵲月 驚烏月

○ 五更霜三日雨 八十七

平 五更霜 一夜霜 六月霜 九月霜 十月霜 一夜風
十日霜 五月霜 一天星 五更風 半天星 三日霖
五日風 一朝霜

五日風　一朝霜
十日霜　五月霜　一天星　五更風　半天星　三日霧
（平）五更霜　一夜霜　六月霜　九月霜　十月霜　一夜風
○五更霜三日雨八十七
（仄）實濕月　飛鳥月　鳴鳩雨　飛鷺月　驚鳥月
（平）落鐵雷　送鴻風　斷雁風　從龍雲　博鵬風
○除蟄雷實鴻月八十六
（仄）天以火　日如火　月如水　雨如霧　霜以雲
（平）霧如雲　月如霜　水如冰　霧如烟
○霧如雲天以水八十五
見天日　遮雷霆
（仄）依日月　披雲霧　作霖雨　伴日月　凝霜雪　系宇宙

吐虹霓　從雲霧
（平）會風雲　乘雷霆　吐雲煙　調陰陽　射斗牛　禀風霜
（三字）○會風雲對日月八十四
嘽嘽　漾漾　[illegible]　溶溶　靜靜　滔滔
[illegible]
[illegible]
[illegible]
（仄）[illegible]
[illegible]
[illegible]
[illegible]

仄 三日雨　四月雨　一夜雨　六月雨　三更月　三秋月
三日雪　半夜雨　三時雨　十日雨

○雨生涼風觧凍八十八

平 雨生涼　雨凝寒　雨添寒　雨釀寒　雨弄晴　雨慳晴
雨送涼　月生涼　月生寒　霧成陰　風送寒　風奪炎
雷發聲　雨生寒

仄 風觧凍　風破凜　風却暑　風滌暑　風徹暑　風挾冷
日亭午　風觧慍（南風觧慍）　風布暖

○水中天川上日八十九

平 水中天　水底天　水中雲　水上雲　嶺上雲　月中雲
水際烟　島外煙　林外雪　澗邊虹　天際雲　天際霞
空中雲　月邊星　洞中天

仄 川上日　波底月　水中月　林間月　岩上雪　風前雨
樓前月　煙外雨　簷外雨　灯前雨　雲際月　雲間月
風中雪　波上日

○一江風千里月九十

平 一江風　萬壑風　一溪風　一林風　萬壑氷　四野霜
四山雲　半山雲　四面風　一窓風　一橋霜　一橋風
一樓風　萬瓦霜　一亭風　半間雲　一簷霜　兩腋風

仄 千里月　一牕月　半牕月　一庭月　千山雨　一樓月
半牕日　五里霧　千里雪　半樓日　半江雨　四野雪
一簷月　千嵓雪　千山月

○洞庭霜暘谷日九十一

平 洞庭霜　巫山雲　陽臺雲　瀟湘水　巫峀雲　蘭臺風

平 洞庭霜 巫山雲 陽臺雲 瀟湘水 巫峽雲 蘭臺風

洞庭霜 暘谷日 九十一

一簾月 千嶂雲 千山月

半窗日 五里霧 千里雲 半簾日 半江雨 四野雲

仄 千里月 一窗月 半窗月 一簾月 千山雨 一樓月

一樓風 萬疊霜 一亭風 半簾雲 一簾霜 兩腋風

四山雲 半山雲 四面風 一窗風 一橋霜 一橋風

平 一江風 萬壑風 一溪風 一林風 萬壑冰 四野霜

一江風 千里月 九十

風中雲 波上日

樓前月 煙外雨 簾外雨 燈前雨 雲際月 雲間月

仄 川上日 波底月 水中月 林間月 嶺上雲 風前雨

空中雲 月邊星 洞中天

水際煙 身外煙 林外雲 洞邊虹 天際霧 天際霞

平 水中天 水底天 水中雲 水上雲 嶺上雲 月中雲

水中天 川上日 八十九

日亭午 風解慍 風布暖

仄 風解凍 風吹凜 風吹暑 風滌暑 風徹暑 風扶令

雷發聲 雨生寒

雨送涼 月生涼 月生寒 露成霜 風送寒 風奪炎

平 雨生涼 雨凝寒 雨添寒 雨釀寒 雨弄晴 雨催晴

雨生涼 風解凍 八十八

三日雲 半夜雨 三時雨 十日雨

仄 三日雨 四月雨 一夜雨 六月雨 三更月 三秋月

巫峽雲

仄 暘谷日　巴山月　瀟湘雨　巫山雨　山陰雪

洞庭月　陽臺雨　長安月　藍関雪　閬苑雪　廣寒月

商郊雨　桑林雨

。秦嶺雲呉江雪九十二

平 秦嶺雲　楚臺風　舜殿風　唐殿風（文宗與柳公權聯句薰風自南來殿閣生微凉）

舜廊風　秦嶺雲　楚宫風

仄 呉江雪　庾樓月　秦樓月　韓堂露（韓退之風露氣入秋堂凉）

袁渚月（謝尚鎮牛渚秋夜乘月會袁宏迎共登舟）　梁苑雪

。北海風東山月九十三

平 北海風　南山雲　南浦雲　西郊雲（易密雲不雨自我西郊）

北牕風（陶潜夏月高卧北窗清風颯至自謂羲皇上人）　南海風

仄 東山月　西園月　西山雨　西山月　東方日　西山日

西郊雨　東郊露　西廂月　西山雪　西樓月　西牕月

西牕雨　南樓月　北庭月　中庭月　西江月

。綠楊風紅杏雨九十四

平 綠楊風　綠蕪烟　綠楊烟　白蘋風　碧梧風　黄蘆風

綠荷風　紅蓼風　青草霜　白蓮風　丹桂風　翠竹霜

黄菊霜　黄橘霜　紅棠霜　紅蓼霜　綠槐烟

仄 紅杏雨　黄梅雨　青苔雨　紅杏日　翠桐月　紅藥露

紅槿日　紅蕉雨

。蓼花風梅子雨九十五

平 蓼花風　荷花風　梨花風　桂花風　稻花風　桂枝風

麥花風　柳梢烟　竹枝風　蘆花風　荻花風　柳花風

葵花風 柳梢烟 竹枝風 蘆花風 蘋花風 柳花風

【平】蓼花風 荷花風 梨花風 桂花風 稻花風 桂枝風

葵花風 梅子雨 九十五

紅蕉日 紅葉雨

【仄】紅杏雨 黃梅雨 青苔雨 紅杏日 翠桐月 紅藥露

黃梅霜 黃梅霜 紅葉霜 紅寒霜 綠楊烟

瀟荷風 紅蓼風 青草霜 白蓮風 丹桂風 翠竹雷

【平】綠楊風 綠蕉烟 綠楊烟 白蘋風 鳥桕風 黃蘆風

綠楊風 紅杏雨 九十四

西隴雨 南樓月 北庭月 中庭月 西江月

西郊雨 東郊露 西湖月 西山雪 西樓月 西隴月

【仄】東山月 西園月 西山雨 西山月 東方日 西山日

北隴風 風颯至自謂羲皇上人 陶淵明夏月高臥北窗清 南海風

【平】北海風 南山雲 南浦雲 西郊雲 易密雲不雨自我西郊

北海風 東山月 九十三

桑淯月 月會東坡泛赤壁舟 滿尚韓羊舊林郊來 梁苑雪

【仄】灞江雪 夜樓月 秦樓月 韓堂雪 韓退之風雪夜入秋堂凉

舜廟風 秦嶺雲 楚宮風

【平】秦嶺雲 楚臺風 舜殿風 唐殿風 自南來殿閣生微涼 文宗與柳公權聯句薰風

秦嶺雲 吳江雪 九十二

商郊雨 桑林雨

洞庭月 陽臺雨 長安月 藍關雪 閬苑雪 廣寒月

【仄】陽谷日 巴山月 瀟湘雨 巫山雨 巫峽雨 山陰雪

巫峽雲

柳絮風 柳條風 楊花風 竹葉風 柳葉風 梅花風
蒲葉風 梧葉風 木葉風 麥穗風 花信風 藕花風
菊花霜 楓葉霜 梧葉霜 蘆花霜
仄 梅子雨 桃花雨 桐花雨 榆莢雨 梨花雨 豆花雨
花梢雨 梅梢雨 荷葉雨 梧葉雨 蕉葉雨 蓮葉雨
梅花月 梅梢月 松梢月 杏梢月 柳梢月 蘆花月
桂花月 竹林月 梨花月 梨花雪 梅花雪 梅梢雪
松梢雪 松梢露 花梢露 竹葉露

○菡萏風芭蕉雨九十六

平 菡萏風 薔薇風 芰荷風 薜荔煙 芍藥風 荳蔻風
仄 芭蕉雨 海棠月 海棠雨 櫻桃雨 薔薇露 蒲萄月

○桑柘煙梧桐月九十七

平 桑柘煙 桃李風 楊柳煙 楊柳風 蒹葭霜 橘柚霜
仄 梧桐月 藤蘿月 桃杏日 梧桐雨 桑麻露 松竹露
松竹月

○養花天滋菊露九十八

平 養花天 振條風 養花風 拔木風 落花風 妬花風
勒花風 罩柳煙 鎖柳煙 鳴條風 抽麥風 偃草風
動竹風 剪荷風 捲葉風 落梅風 敗荷霜 凋草霜
養禾天
仄 滋菊露 垂葉露 栖菊露 壓松雪 肥梅雨 落花雨
催花雨 封枝雪 妬花雨 蒸桃日 烘桃日 傾葵日
沾花露

○雪壓梅風敲竹九十九

雲壓梅風敲竹九十九

○沾花露

灌花雨　封枝雪　疏花雨　燦秋日　洪桃日　傾葵日

仄 滋菊露　垂葉露　洒菊露　壓松雪　肥梅雨　落花雨

養禾天

動竹風　剪荷風　搖葉風　落梅風　敗荷霜　凋草霜

勒花風　罩柳煙　鎖柳煙　亂條風　抽麥風　偃草風

平 養花天　振條風　養花風　拔木風　落花風　妒花風

○養花天滋菊露九十八

松竹月

仄 梧桐月　藤蘿月　桃杏日　梧桐雨　桑麻露　松竹露

平 桑柘煙　桃李風　楊柳煙　楊柳風　薔薇霜　橘柚霜

○桑柘煙梧桐月九十七

仄 芭蕉雨　海棠月　海棠雨　櫻桃雨　薔薇露　蒲菊月

平 荼蘼風　薔薇風　芰荷風　薜荔煙　芄蘭風　莫薇風

○荼蘼風芭蕉雨九十六

松梢雪　松梢露　花梢露　竹葉露

桂枝月　竹林月　梨花月　梨花雪　梅花雪　梅梢雪

梅花月　梅梢月　松梢月　杏梢月　柳梢月　蘆花月

花梢雨　梅梢雨　荷葉雨　梧葉雨　蕉葉雨　蓮葉雨

仄 梅子雨　桃花雨　桐花雨　榆莢雨　梨花雨　豆花雨

菊花霜　楓葉霜　梧葉霜　蘆花霜

蒲葉風　梧葉風　木葉風　麥穗風　花信風　蘭花風

柳絮風　柳條風　楊花風　竹葉風　柳葉風　梅花風

平 雪壓梅 雪欺梅 雪欺松 雪壓松 露滋花 露浴花
露染花 雨肥梅 日醉桃 月浸花 雨浥花 雨泣花
雨摧花 雨鬧花 雨卧花 風入松 風剪梧 雪凍梅

仄 風敲竹 風袞絮 風生桂 風牽荇 風轉蕙 風梳柳
風擺柳 雪折竹 霜脱葉 烟籠柳 烟罩柳 露排草
霜染葉 霜變草 風動竹 風折笋 風戛竹

。玉殿風瑶臺月一百

平 玉殿風 玉壺氷 玉井氷 水殿風 玉爐烟

仄 瑶臺月 瑶階月 玉階月 珠簾月 金樽月 金莖露
金盤露 瑶臺雪 珠簾雨 銀床露 金井露 銅壺露
瑶池雪 瑶池月

。曲巷風斜窗月一百一

平 曲巷風 小院風 踈簾風 小橋風 高閣風 畫棟雲
半嶺雲 小橋霜 高閣雲 小窗風

仄 斜窗月 短橋月 長門月 高樓月 踈簾月 長廊月
踈櫺月 長橋月 深院雨 空階雨

。板橋霜茅店月一百二

平 板橋霜 樵舍烟 茶竈烟 樵逕雲 茅舍霜

仄 茅店月 柴門月 村店月 茅亭雪 蓬窗雪 樵舍雪
茅簷雨 山窗雨 茅齋雨 郵亭月

。雲度墻月當戶一百三

平 雲度墻 月窺簷 月當樓 月浸門 月侵廊 月篩簾
月入窗 雪堆簷 月上階 月過庭 月滿船 月掛簷
日經簷 日射窗 日穿窗 風掩扉 雪没韉 雪擁門

日斜簾　日射窗　日穿窗　風掩扉　雪沒轍　雪擁門
月入窗　雪堆簷　月上階　月過庭　月滿船　月掛簷
〔平〕雲度牆　月窺簷　月當樓　月浸門　月侵廊　月篩簾
○雲度牆月當戶一百三
茅簷雨　山窗雨　茅齋雨　郵亭月
〔仄〕茅店月　柴門月　村店月　茅亭雪　蓬窗雪　燕含雲
〔平〕板橋霜　燕含烟　茶竈烟　燕泥雲　雀含霜
○板橋霜茅店月一百二
疎櫺月　長橋月　深院雨　空階雨
〔仄〕斜窗月　短橋月　長門月　高樓月　疎簾月　長廊月
半嶺雲　小橋霜　高閣雲　小窗風
〔平〕曲巷風　小院風　疎簾風　小橋風　高閣風　畫棟雲

○曲巷風斜窗月一百一
瑤池雪　瑤池月
金盤露　瑤臺雪　珠簾雨　銀床露　金井露　銅壺露
〔仄〕瑤臺月　瑤階月　玉階月　珠簾月　金樽月　金莖露
〔平〕玉殿風　玉壺冰　玉井冰　水殿風　玉爐烟
○玉殿風瑤臺月一百
霜染葉　霜變草　風動竹　風抽筍　風裊竹
風颭柳　雪折竹　霜脫葉　烟籠柳　烟罩柳　露排草
〔仄〕風敲竹　風窣蕉　風生桂　風牽荇　風轉蕙　風梳柳
雨摧花　雨開花　雨盱花　風入松　風剪梧　雪凍梅
露染花　雨肥梅　日醉桃　月浸花　雨浥花　雨泣花
〔平〕雪壓梅　雪欺梅　雪欺松　雪壓松　露滋花　露浴花

風捲簾 風吹衣 風打船 風送帆 雨打窗 雨滴階
雨隨車 月臨階 雨沾衣 雲鎖窗

仄 月當戶 月窺戶 月入戶 雲藏屋 雲封戶 雲飛棟
霜鋪瓦 風卷袖 風拂座 霜縞屋 月當室 雨鳴屋
霰鳴瓦 雨鳴瓦 雨沾席 風生砌 雨濺壁 日過隙

○酒旗風書案雪一百四

平 酒旗風 漁笛風 牧笛風 樵笛風 樵歌風 漁歌風
釣絲風（古詩釣絲輕裊荻花風） 酒帘風

仄 書案雪 樵笠雪 漁簑雪 漁簑雨 漁舟月 漁舟雪
簑衣雨 書窗雪 書窗月 釣船雪

○半帆風一犁雨一百五

平 半帆風 一簾風 一枕風 一竿風 一襟風 一壺冰

一簑雲 五絃風 雨腋風 一帆風

仄 一犁雨 一簑雪 一船雪 一船月 一樽月 一簾月
半簾月 三竿日 八磚日 一簑雨

○月如弓風似箭一百六

平 月如弓 月如鎌 星如珠 風似刀 雪如鹽 月如盤
露如珠 雨如珠 雨如絲 月如梳

仄 風似箭 霞似錦 霞似綺 天似幕 月似鑑 月似鏡
天似蓋 冰似玉 霜似米 雲似幕

○雨飛絲霞散綺一百七

平 雨飛絲 雨跳珠 雨濺珠 雨垂絲 雨傾盆 月鎔金
月篩金 雪飛綿 露垂珠 月沉鉤 月垂弧 月彎弓
月磨鎌 月闘奩 月上弦 星連珠 星貫珠 日流金

月窺簾 月闚窗 月上弦 星連珠 星貫珠 日流金

(平) 月篩金 雲飛絮 露垂珠 月沉鈎 月垂弓 月彎弓

雨飛絲 雨跳珠 雨濺珠 雨垂絲 雨傾盆 月鎔金

○雨飛絲 霞散綺 一百七

天似蓋 冰似玉 霜似米 雲似幕

(仄) 風似箭 霞似錦 霞似綺 天似幕 月似盤 月似鏡

露如珠 雨如珠 雨如絲 月如杯

(平) 月如弓 月如鐮 星如珠 風似刀 雪如鹽 月如盤

○月如弓 風似箭 一百六

半簾月 三竿日 八磚日 一簑雨

(仄) 一犁雨 一簑雪 一船雪 一船月 一磚月 一簾月

一簑雲 五絃風 兩股風 一帆風

(平) 半帆風 一簾風 一枕風 一竿風 一襟風 一壺冰

○半帆風 一犁雨 一百五

簑衣雨 書窗雪 書窗月 釣船雪

(仄) 書案雪 樵徑雪 漁簑雪 漁簑雨 漁舟月 漁舟雪

釣絲風 酒旆風

(平) 酒旗風 漁笛風 牧笛風 樵笛風 樵歌風 漁歌風

○酒旗風 書卷雪 一百四

霰鳴瓦 雨鳴瓦 雨沾席 風生砌 雨濺塵 日過隙

霜鋪瓦 風掃葉 風拂塵 霜凝屋 月當室 雨鳴屋

(仄) 月當戶 月窺戶 月入戶 雲滿屋 雲封戶 雲飛棟

雨隨車 月臨階 雨沾衣 雲攢霧

風捲簾 風吹衣 風打船 風送帆 雨打窗 雨滴階

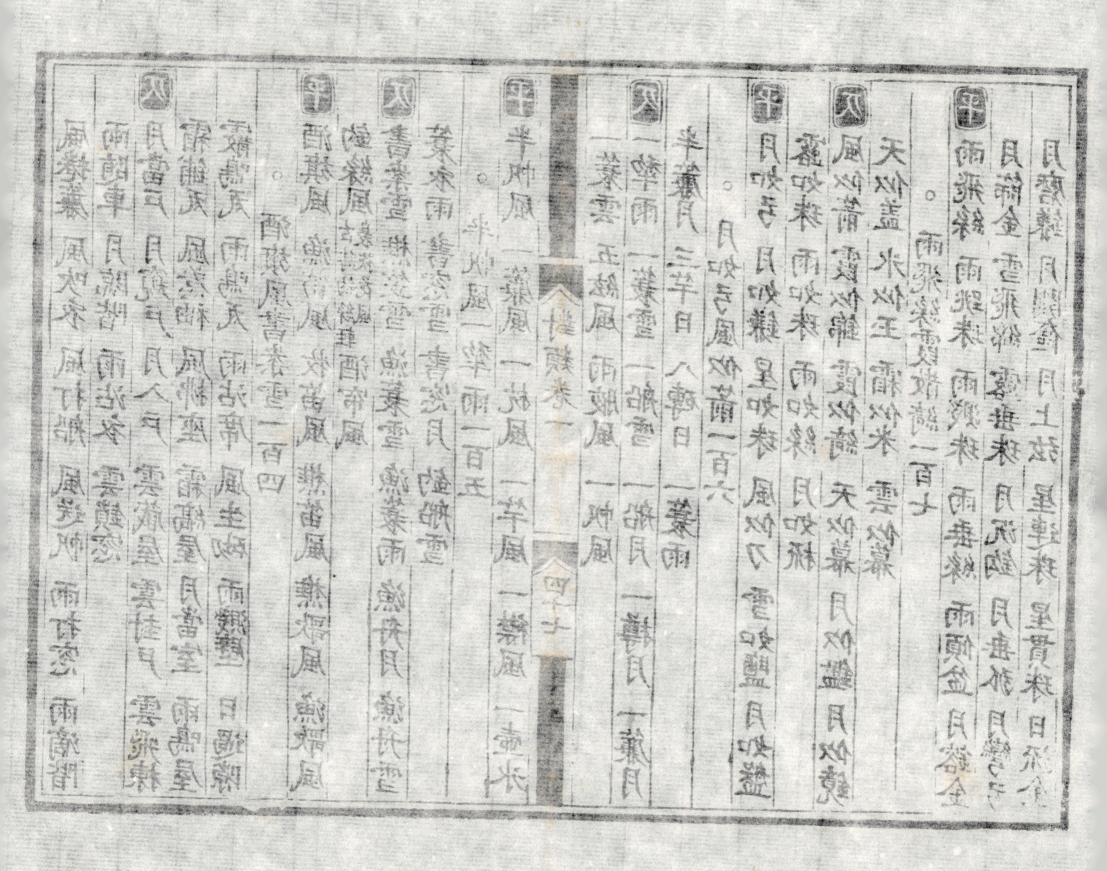

雨垂綵

仄 霞散綺　雲擘絮　雲捲幕　雲展幕　雲潑墨　天倚盖

天張幕　霜結玉　氷鏤玉　霞散錦

。大王風御史雨一百八

平 大王風　故人風　少女風　庶人風　巽二風　牛郎星

織女星　老人星　處士星　刺史天（漢蘇章為刺史故人喜曰我獨有二天）

青女霜　阿香雷　君子風

仄 御史雨　嫦娥月　玉女電　仙人露（仙人掌承露）　滕六雪

御士月　師尹日　郎官宿　君子雨

。月滿懷風吹鬢一百九

平 月滿懷　月隨身　月逐人　月近人　雪滿頭　雪齊腰

露滴身　月傷神　風入懷　風刮肌　氷在鬢　風吹襟

風觧慍（南風之薰兮可以解吾民之愠兮）　月窺人

仄 風吹鬢　風吹面　風過耳　風生面　雪沒脛　霜點鬢

風刮面　月在手（掬水月在手）　風掠面

。雨露恩天地性一百十

平 雨露恩　天地鈞　造化功　日月忠　日月綱　雷霆威

星斗文　雲漢章　乾坤門　霜雪姿　氷雪膚　陰陽經

天地經　日月名　天地恩

仄 天地性　天地德　天地紀　日月紀　風霆志　雷霆怒

風雲會　箕翼壽　陰陽性　天地軆　霹靂手　虹電氣

乾坤量　氷霜操　氷雪質

。雨百川風四海一百十一

平 雨百川　雨八紘　風四方　雨四溟

【平】雨百川　雨入沙　風四方　雨四瀆

。雨百川風四海一百十一

乾坤量　冰霜躁　冰雪賓

風雲會　箕翼壽　冰陰陽性　天地變　霹靂手　虹電宿

【仄】天地性　天地德　天地紀　日月紀　風霆志　雷霆□

天地經　日月名　天地圖

星斗文　雲漢章　乾坤門　霜雪姿　冰雪膚　陰陽經

【平】雨露恩　天地鈞　造化功　日月光　日月綱　雷霆威

。雨露恩天地性一百十

風回面　月在午（林木月在午）　風滿西

【仄】風吹鬢　風吹面　風過耳　風生面　雪没脛　霜濕履

風辨□（□□□□□□□□□□□）　月穿入

露濕身　月隨身　風入懷　風刮帽　冰在鬚　風吹襟

【平】月滿懷　月隨身　月逐人　月近人　雪滿頭　雪齊腰

。月滿懷風吹鬢一百九

御士月　明月日　柏官宿　君子雨

【仄】御史雨　嫦娥月　王女電　仙人露（仙人掌承露）　滕六雪

青女霜　河伯雷　君子風

織女星　老人星　處士星　刺史天（□□□□□□□□□二天□□□□）

【平】大王風　故人風　少女風　燕入風　巽二風　牛郎星

。大王風御史雨一百八

天孫幕　霜結王　冰鐵王　霞散錦

【仄】霞散綺　雲摩葉　雲族幕　雲展幕　雲發墨　天倚蓋

雨垂絲

仄 風四海 雲八極

。九重天三丈日一百十二

平 九重天 幾段雲 一片雲 五色雲 萬里風 一陣風
一箭風 百里雷 五綵霞 一信風 一霎風 一瞬風
一番風 一聲雷 萬丈虹 一抹烟 幾縷烟 一縷烟
萬重雲

仄 三丈日 一番雪 六出雪 一輪月 半輪月 一鈎月
一奩月 一彎月 半規月 半規日 半輪日 一霎雨
一番雨 一輪日 三竿日 三白雪 一陣雨 五色日
三尺雪

四字 。日月星辰風雨霜露一百十三

平 日月星辰 雨露雪霜 造化陰陽 月露風雲

仄 風雨霜露 雷霆風雨 風雷雨雹 雪霜風雨

。霽月光風秋霜烈日一百十四

平 霽月光風 秋風白雲 暮雨朝烟 冷雨凄風 春樹暮雲
暑雨祁寒 景星慶雲

仄 秋霜烈日 春風和氣 曉風殘月 暮雲秋雨 炎風朔雪
陽春白雪 冬霜烈日

。烈風迅雷層冰積雪一百十五

平 烈風迅雷 落日殘霞 積雪飛霜 愆陽伏陰 內陽外陰
上乾下坤 積雪堅冰 窮陰冱寒

仄 層冰積雪 踈風冷雨 凄風苦雨 炎風暴雨 震風淩雨
疾風甚雨 南箕北斗 斜風細雨 左霜右雪 上天下澤
和風麗日

和風麗日

【仄】疾風甚雨　南箕北斗　斜風細雨　左霜右雪　上天下野

【仄】層冰積雪　凍風冷雨　淒風苦雨　炎風暴雨　震風凌雨

上乾下坤　積雪堅冰　窮陰沍寒

【平】烈風迅雷　落日殘霞　積雪飛霜　重陰太陰　內陽外陰

○烈風迅雷層冰積雪二百十五

陽春白雪　大霜烈日

【仄】秋霜烈日　春風和氣　清風皓月　暮雲春雨　炎風朔雪

暑雨祁寒　景星慶雲

【平】霽月光風　秋風白雲　暮雨朝烟　冷雨淒風　春樹暮雲

○霽月光風秋霜烈日一百十四

【仄】風雨霜露　雷霆風雨　風雷雨雪　雪霜風雨

【平】日月星辰　雨露雪霜　造化陰陽　月露風雲

【四字】○日月星辰風雨霜露一百十三

三尺雪

一番雨　一輪日　三竿日　三白雪　一陣雨　五色日

一奩月　一彎月　半規月　半規日　半輪日　一霎雨

【仄】三丈日　一番雪　六出雪　一輪月　半輪月　一鉤月

萬重雲

一番風　一聲雷　萬丈虹　一抹烟　幾縷烟　一縷烟

一葉風　百里雷　五綵霞　一信風　一霎風　一陣風

【平】九重天　幾段雲　一片雲　五色雲　萬里風

○九重天三丈日二百十二

【仄】風四海　雲八極

〇紫電清霜青天白日百十六

平 紫電清霜 黃雲玄露 皓月清風

仄 青天白日 清風明月 綠雲紫氣

〇雲淡風輕天長地久百十七

平 雲淡風輕 月明星稀 乾清坤爽 月冷風寒 露白風清

月白天清 雲白山青 日薄雲濃

仄 天長地久 霧輕雲薄 風清月白 霜清露白 山高月小

風清雲靜 日暮途遠 天高地迥

〇地闢天開雲行雨施百十八

平 地闢天開 雷厲風飛 日照月臨 雲剝月明 露散雲披

風散雨收 天施地生 雲破月來 雨散雲收 雨霽虹收

斗轉參橫 日出霏開 烟滅灰飛 地平天成

仄 雲行雨施 風調雨順 風僝雨僽 辰居星拱 天生地長

雪消冰釋 星輝河潤 雲奔雷激 星流電激 雲合霧集

霜消冰釋 雲收雨散 雷馳電掃 風恬浪靜 風恬雨霽

虹銷雨霽 雲收煙斂 星移斗轉 風休雨靜 日遷月改

霜降水涸 天覆地載

〇對月臨風升天入地百十九

平 對月臨風 掩月凌霞 冒雨衝泥 憑虛御風 詠月嘲風

步月登天 櫛雨梳風

仄 升天入地 幕天席地 櫛風沐雨 翻雲覆雨 愁雲泣雨

排空御氣 吟風弄月 衝煙帶霧 迎風滌日 隨風照日

和煙滴露 吟風詠月

〇天日清明雲霧披覩百二十

天日清明雲露散韻百二十
○和煙滴露　吟風詠月
排空御氣　吟風弄月　衝煙帶露　迎風漾日　隨風漾日
〔仄〕升天入地　幕天席地　櫛風沐雨　翻雲覆雨　愁雲泣雨
步月登天　櫛雨梳風
〔平〕對月臨風　掩月遮雲　冒雨衝泥　遮雲蔽風　來月朝風
○對月臨風升天入地百十九
霜降水涸　天覆地載
虹銷雨霽　雲收煙斂　星移斗轉　風休雨靜　日遷月改
霜消冰釋　雲收雨散　雷驚電掣　風恬浪靜　風恬雨霽
雲消冰釋　星輝河潤　雲奔雷激　星流電激　雲合霧集
〔仄〕雲行雨施　風調雨順　風恬雨微　辰居星拱　天生地長

斗轉參橫　日出霧開　烟滅灰飛　地平天成　雨霽虹收
風散雨收　天施地生　雲破月來　雨散雲收
〔平〕地闢天開　雷驚風飛　日照月臨　雲開月明　霧散雲收
○地闢天開雲行雨施百十八
風清雲靜　日暮途遠　天高地迥
〔仄〕天長地久　霧斂雲輕　風清月白　霜清露白　山高月小
月白天清　雲白山青　日淨雲濃
〔平〕雲淡風輕　月明星稀　乾清坤夷　月冷風寒　露白風清
○雲淡風輕天長地久百十七
〔仄〕青天白日　清風明月　綠雲紫氣
〔平〕紫霄清漢　黃雲玄露　皓月清風
○紫霄清漢青天白日百十六

暘

平 天日清明 乾坤清夷 河漢澄清 霜月淒清 天地絪緼
陰陽慘舒 風月吟哦
仄 雲霧披覩 天地開泰 天地開闢 雪霜潔白 氷霜高潔
煙霞縹緲 乾坤整頓 風月光霽 風雲慶會 雷霆鼓舞
風雲際會 乾坤齊整

。整頓乾坤呼吸霜露百二十一

平 整頓乾坤 叱咤風雲 變現風雲 出没煙波 變理陰陽
仄 呼吸霜露 平章風月 消磨日月 吟詠風月

。雨態雲情月華星彩百二十二

平 雨態雲情 月脇天心 山色水聲 湖色水光 雲鬢霜鬚
仄 月華星彩 雲容天影 天光雲影 水光雲氣 天光海氣
池光天影 波光星影 水光山色 雲蹤雨跡

。倏陰忽晴乍寒又暖百二十三

平 倏陰忽晴 乍暖猶寒 乍雨還晴
仄 乍寒又暖 纔晴更熱 半明不暗 忽出乍没

。分陰分陽潛天潛地百二十四

平 分陰分陽 根陰根陽 有陰有陽 非雷非霆 時雨時暘
常雨常暘 生陰生陽
仄 潛天潛地 非日非月 非煙非霧 乍晴乍雨 不日不月

。輕暖輕寒重輪重暈百二十五

平 輕暖輕寒 資始資生 則慘則舒 以清以寧 無伏無愆
迭往迭來 常燠常寒 不暖不寒
仄 重輪重暈 以散以潤 蓋高蓋厚 既沾既足 既優既渥
無菑無害 時寒時燠 乍寒乍暖

○三辰五星五風十雨百二十六

(平)三辰五星　九曜三辰　兩曜五星

(仄)五風十雨　兩儀萬象　參天兩地

對類卷之一

〔天〕五風十雨　兩儀萬象　參天兩地
〔[illegible]〕三辰五星　九曜三辰　兩曜五星
○三辰五星五風十雨百二十六

對類卷之一